Valmöjligheter

Redaktör/kursledare: Joni Stam

Medborgarskolan skrivarkurs: novell

Valmöjligheter

Novellantologi

2025

Automatiserad teknik vilken används för att analysera text och data i digital form i syfte att generera information, enligt 15a, 15b och 15c §§ upphovsrättslagen (text- och datautvinning), är förbjuden.

Illustration: Susanne Andersson
Ytterligare medverkande: Malin Lindström Eriksson, Susanne Andersson, Agnes Larsson, Stig Storm, Frida Andersson, Emelie Norlén, Eva Ersbacken, Ninni Bäfver och Erika Strömberg.

Förlag: BoD · Books on Demand, Östermalmstorg 1, 114 42 Stockholm, Sverige, bod@bod.se
Tryck: Libri Plureos GmbH, Friedensallee 273, 22763 Hamburg, Tyskland

ISBN: 978-91-8080-014-3

Förord

Under senvinter och vår har vi i kursen Novellskrivande för Medborgarskolan i Falun samlats varannan vecka för att tillsammans utforska det korta berättandets form. Med inspiration från klassiska noveller som *Ett halvt ark papper* av August Strindbergs, *Att döda ett barn* av Stig Dagerman, *Svarta katten* av Edgar Allan Poe och *Framför lagen* av Franz Kafka har vi lärt oss hur mästare skapar koncentrerad dramatik genom att antyda mer än de uttryckligen skriver. Genom kursen har vi prövat olika röster, stilar och perspektiv, varit kreativa och fantasifulla, vågat utmana begränsningar, samtidigt tänjt på gränser.

Att skriva är ofta ett ensamt arbete, men den här kursen har visat att skrivande också kan vara gemenskap. Vi har läst, skrivit och haft högläsning för varandra. Högläsningarna har blivit något av kursens själ, där texterna fått liv och mött sina första lyssnare.

Malin, Susanne, Agnes, Frida, Emelie, Ninni och Eva har alla på sina unika sätt tagit sig an övningar, utmaningar med stort engagemang vilket skapat en fantastisk "skrivarlya". Vill tacka alla er för deltagande och engagemang och för att ni gjorde den här kursen till vad den blev.

Varje novell i den här samlingen är ett bevis på att skrivandet inte behöver vara fulländat för att vara meningsfullt för genom sprickorna lyser ljuset in. Texterna har präglats av enträgenhet, ärlighet, utforskande och personlig kreativitet vilket bidragit till levande och läsvärda berättelser. Den här boken är alltså mer än en samling noveller eftersom varje text bär spår av sin författares röst, men också av gruppens gemensamma arbete. Mycket nöje.

/ Joni Stam, kursledare

Gun av Malin Lindström Eriksson

Min uppväxt i södra Lapplands inland med fjällen avtecknade som ett vågigt blått band i horisonten kan tyckas idyllisk och harmonisk för den som aldrig har bott där utan endast vistats i området som turist där man åtnjutit jakt och fiske bland berg och dalar och oändliga små skummande bäckar med kristallklart vatten som slingrar sig genom landskapet bestående av oändliga granskogar och blöta myrar. En plats där det gamla möter det nya och förhållandet dem emellan kan vara lika avgrundsdjup som Kultsjön. En plats där Biejvve (= sol på samiska), Bieggolmai (Samiska guden "Vindmannen") och kvinnornas beskyddare Sáráhkká (En av de tre samiska gudinnorna Sarahkka, Uksahkka och Juksahkka. Sarahkka beskyddar graviditet och födsel av barn.) ännu delar folktron vid sidan om Gud. Själv växte jag upp med min mor, hennes syskon och mina morföräldrar i en liten fattig by långt från närmaste samhälle, där alla var frireligiösa pingstvänner och alkoholen strikt förbjuden. Jag kände aldrig att jag var ämnad att höra till den här platsen där allt hade sin ordning, utan längtade efter att likt vinden och öringarna i bäckarna virvla runt och få känna mig levande.

Hon förekommer också som feministisk symbol och kvinnokamp hos den samiska ursprungsbefolkningen.

Tidigt vänslades jag med pojkar, yngre och äldre män som passerade i utkanten av byn med sina renar eller moderna motorsågar och förbjudna varor. Vid sjutton års ålder föddes min dotter Gun. Hon var det vackraste barnet jag någonsin hade sett. Hennes hår var redan vid födseln tjockt och korpsvart och så skulle det förbli. Allt eftersom hon blev äldre mörknade hennes ögon och så snart vårsolen träffade henne blev hon alldeles mörk i hyn. I Kyrkböckerna skrev prästen förkortningar i snirklig stil som sade att Gun var min oäkta dotter med fader okänd, men även om många män hade passerat min famn i skogsbrynet, kunde hennes far inte svära sig från sin dotter till utseendet. Men det förblev min hemlighet. När jag var tjugoett år gammal skickades jag att arbeta som kocka på en skola inne i samhället några mil bort. Gun lämnades kvar hemma i byn med min familj. Ibland kunde jag åka hem en söndag om prästen inne i samhället hade något ärende till byn, men jag lärde mig att det minst smärtsamma för både mig och Gun var att jag inte hälsade på alls. Jag anklagades för att ha övergett henne, men smärtan över att åka från henne igen och igen var omänsklig och jag grät så jag skrek i prästens svarta Ford på väg tillbaka till samhället. Allt oftare sade han sig inte ha plats i bilen och på en naturlig väg glesnade kontakten med de små mjuka armarna om min hals och doften av hennes varma mjuka nacke under det tjocka håret.

Sommaren när jag var tjugotvå kom ett tivoli på besök. Jules Fredrikssons Tivoli från Gävle. De hade också en trollkarl i sällskapet som jag blev vansinnigt förälskad i. En lång gänglig man med något krumt över axlarna och isblå ögon och blont, ja nästan vitt hår. I mina ögon en exotisk figur som stod helt i kontrast till de korta och mörkhåriga män som annars mest var de män jag hade sprungit på i min hembygd. Han berättade att de bara åkte runt med de små karusellerna när de åkte runt i landet. De små karusellerna som fick plats på lastbilsflaken liksom det rödvitrandiga chokladhjulet och vagnen med alla de små lamporna där man skulle kasta ner burkar med en liten boll för att vinna ett pris. I Gävle hade de en riktig berg— och dalbana som jag skulle få åka om jag följde med. När Tivolit åkte vidare till nästa ort följde jag med och med sällskapet och kärleken glömde jag bort tristessen där jag kom från. Min dotter, nämnde jag inte för någon.

Gun var min stora hemlighet i den nya världen, men kärleken till tivolit och trollkarlen och de förbjudna dryckerna gjorde det uthärdligt att leva på eftermiddagarna och kvällarna. Annat var det under de sena nätterna då jag långsamt skar bort den hårda huden under fotsulorna med trasiga glasskärvor från flaskorna vi tömt tidigare samma dag. Jag skar så det blev små sår på hälen. Sår som förflyttade min inre odefinierade smärta till en fysisk känsla där varje fotsteg sedan höll mig alert och vid medvetenhet. Medvetenhet om mina fötter. Efter att ha åkt längs den svenska norrlandskusten under några veckor, kom vi fram till slutdestinationen Gävle. Jules Fredrikssons Tivoli var inte så stort som jag hade fått berättat för mig och ett styng av besvikelse träffade mitt bröst, men där fanns i alla fall några större åkattraktioner. Ett Pariserhjul och en berg— och dalbana. Pariserhjulet var långsamt och jag hade svårt att se tjusningen när alla andra förundrades över utsikten från toppen. Jag tänkte på utsikten hemma, där man såg ända till fjällens vågiga blå rand långt bort i fjärran, där… Det dumma hjulet fick mig bara att tänka alla tankar jag så intensivt försökte mota bort. Berg— och dalbanan däremot. Det var det enda jag någonsin upplevt där jag kände mig levande. När andra skrek av rädsla för att trilla ur, skrek jag i kapp med de gnisslande vagnarnas hjul mot rälsen. Jag skrek av glädje och lycka över att slungas runt och för en stund inte veta vad som var upp eller ner, att inte ha kontroll utan bara följa med vinden. Att sitta längst fram med armarna utsträckta och slutna ögon tog mig in i en annan värld. En värld där jag blev ett med vinden.

Kärleken till trollkarlen hade sedan länge svalnat. Livet kunde ha varit magiskt och förtrollande i hans sällskap, men när han inte utövade sitt yrke fanns ingen magi kvar. Det var som att han förbrukade all energi till publiken och utanför scenen var han bara ett par förtrollande isblå ögon. Att skära bort hud under fötterna hjälpte inte längre och jag hade i stället börjat sticka små hål i låren med vassa föremål jag kom över. Ibland en sax. Ibland en glasskärva eller en skruv. Ingen, inte ens trollkarlen som faktiskt såg mig utan kläder frågade varför mina ben hade så många sår.

Sommaren efter att vi hade träffats följde jag åter med på Norrlandsturnén, men redan när vi kom fram till Hudiksvall passade jag sent en kväll på att rymma och lyckades efter bara ett par dagar få en anställning på Hotell Hudik. Min tidigare erfarenhet som kocka, gav mig ett arbete som kallskänka. Jag blev mycket uppskattad för smörgåsarna jag gjorde. En eftermiddag kom hovmästaren när jag stod i köket för att förbereda bröd, kallskuret kött, kallrökt lax, ägg och gurka.

— Förlåt att jag stör i ert arbete, men skulle fröken kunna hoppa in i servisen ikväll? Siv har hastigt blivit sjuk.

Under ett par veckors tid arbetade jag i köket om dagarna och i servisen om kvällarna. Den ökade arbetsmängden fick mig att tänka mindre på Gun, på tivolit och på mina såriga ben. I stället tänkte jag mer och mer på en gäst som varje kväll satte sig vid samma bord och beställde in samma mat.

Jag ställde ned hans smörgåstallrik med kallskuren lax, en öl och en snaps och undrade skrattande:

— Är han här ikväll igen? Får han ingen bättre mat hemma?

Han såg upp på mig och log med ett lite pojkaktigt leende. Han hade ett alldagligt utseende med cendréfärgat hår som kanske var aningen för långt i nacken, ett kort skägg och oansenliga blågrå ögon. Skjortans översta knapp var inte knäppt och man kunde ana ungdomens ännu hårlösa bröstkorg och trots att han hade en kavaj i tjockt brunt tyg utanpå skjortan avtecknade sig hans muskulösa armar utanpå tyget.

— Jag bor inkvarterad i ett litet rum och har inget kök, svarade han medan han fortfarande såg på mig samtidigt som han fattade tag i de blanka besticken på bordet framför sig, men det har ingen betydelse för jag är ändå en ganska värdelös kock.

— Du är inte här ifrån? Undrade jag.

— Jo då, jag är uppvuxen i en liten by en bit här ifrån, men det är allt för långt för att jag ska kunna arbeta på sågen här i stan.

Han sträckte fram handen och presenterade sig som Karl— Ivan. Vi småpratade lite varje kväll då han åt sin smörgås med lax och när Siv kom tillbaka och jag bara arbetade i köket om dagarna fanns tid att både göra Karl— Ivan sällskap vid bordet som gäst och att följa med honom på en promenad genom stan när vi båda skulle hem. Livet kändes så lätt som de aldrig tidigare hade känts. Med Karl— Ivan infann sig ett lugn där jag inte behövde bedöva vare sig kropp eller själ med alkohol, vassa föremål eller vindlande karuseller. Efter bara ett par månader visste jag det. Jag var gravid. Karl— Ivan blev överlycklig och gick ned på knä på stället där vi stod. Källartrappan i lite fuktig kall, grå sten som ledde ner till restaurangens matkällare.

Vi var inte de enda som använde trappen som mötesplats, men de flesta sågs där för att röka eller ta en liten stärkande hutt utan att någon såg.

— Ända sedan jag för första gången såg dig i matsalen har jag tänkt att jag någon gång skulle vilja säga det här till dig och nu kanske det kom lite tidigare än jag hade tänkt.

Han stannade upp och tog ett djupt andetag medan blicken ännu var nere vid mina fötter. Sedan tittade han långsamt upp och trots det dunka ljuset i trappen kunde jag ana att han rodnade. Jag kunde märka att han medvetet höll sig från att prata för fort.

— Vill du gifta dig med mig? Redan nu i sommar? Vi kan ta en båt ut till Kråkön eller kanske Agö och fira sen? Efter vigseln alltså.

— Alltså… jag vet inte… vi känner ju knappt varandra. På riktigt alltså. Du känner ju inte mig.

— Hur mycket måste jag känna dig för att du skulle vilja gifta dig med mig då, undrade han med en lätt road ton. Jag tycker nog att vi känner varandra tillräckligt. Både innan och utan tydligen.

Jag kunde inte låta bli att skratta.

— Haha! Ja du har rätt, det var en dum tanke av mig. Det är klart att vi gifter oss! Men jag vet inte om jag är redo att känna mig gammal än. Och fast.

— Vaddå, blir man gammal och fast bara för att man gifter sig?

— Ja … eller nej… Det känns bara så.

— Jag lovar. Du kommer aldrig att bli gammal och du ska inte känna dig fast heller. Fri som en fågel! Kanske en liten gråsparv. Tam så att du kommer och äter ur min hand. Jag funderade ett slag.

— Jag tror mer att jag är som en skadeskjuten kråka kanske, fast jag skulle föredra att vara en örn.

En gråmulen och blåsig dag i mitten av oktober, med duggregnet hängande i luften, gifte vi oss i en liten vit kyrka i trä som omgärdades av välkrattade gångar och perfekta rader med lönnar i sprakande röda och orange höstfärger. På främre bänkraden satt Karl— Ivans föräldrar och syskon med respektive. Vi var nu Herr och Fru Lind och min familj fick ett bröllopsfoto av oss skickat med post ett par veckor senare.

Till en början bodde vi ännu på varsina håll, men när magen blev för stor för att kunna arbeta på hotellet flyttade vi gemensamt in i en liten etta med kokvrå som vi kunde hyra genom sågverket Karl— Ivan arbetade på.

— Du… sa han eftertänksamt en kväll när vi hade lagt oss. Om det blir en flicka tycker jag att hon ska heta Gun.

Jag frös till inombords och kände små svettpärlor som bröt fram i pannan och på överläppen.

— Varför förslår du Gun? Undrade jag och hoppades att det skulle låta som den mest naturliga frågan i världen.

— Nästan varje natt sen du flyttade in här har du pratat i sömnen och du har pratat mycket om Gun och att ni en dag ska ses igen. Ibland har du gråtit. Har du en dotter sen tidigare?

Jag vände mig bort från Karl— Ivan och föll i gråt.

— Förlåt … Förlåt att jag har lurat dig.

— Men du… Det är ju helt fantastiskt att du har fler barn ju! Till sommaren köper vi en liten bil och så åker vi och hälsar på Gun. Gun träffar Gun!

— Man kan inte ha två barn med samma namn fattar du väl?

— Varför inte?

I mars föddes vår dotter, som fick heta Gun.

Vi åkte aldrig hem till min hemby till sommaren. Pengarna som vi sparat ihop till en liten bil gick i stället åt för att flytta. Karl—Ivan och en arbetskamrat hade ertappats med att vara onyktra inne på sågen varför båda fick sluta på dagen, men genom kontakter kunde båda få ett nytt arbete på en annan såg strax utanför Gävle. Jag hade fullt upp med att ta hand om Gun och inte långt efter flytten till Gävle upptäckte jag att jag var gravid på nytt. Snart hade vi fått två barn på drygt ett års tid. Ytterligare en liten flicka som fick namnet Elin. Karl—Ivan kom hem allt senare från arbetet och hängde mest med sina arbetskamrater på en pub till sena kvällarna.

— Kan du inte komma hem till mig och flickorna efter jobbet, bad jag snällt.

— Älskling, vi håller i viktiga möten på puben. Alltså de där sågverkspamparna gör som de vill med oss arbetare ibland och det är viktigt att vi står upp för rättvisan! Men visst, vi kan ha våra möten i vårt kök i stället om du hellre vill det? Orkar du ta hand om två barn och servera oss gubbar samtidigt en hel kväll.

— Det gör jag väl, svarade jag irriterat. Ni kan vara vart ni vill, bara du är här och hjälper mig också. För rättvisans skull! Kväll efter kväll satt de i vårt kök. Vid det lilla grönbetsade köksbordet med tillhörande pinnstolar. Till en början lade jag på en liten vit duk med blommor jag hade broderat och på den ställde jag fram en liten sockerskål i glas med bitsocker i. De vita små kaffekopparna med rosa blommor och guldkant stod prydligt utställda på tillhörande fat runt om bordet. En dukning jag snart slutade med. Karlarna drack mindre och mindre kaffe och mer och mer sprit som en av dem hade med sig i en glasflaska utan etikett. Jag vet inte vad de pratade om, men det som från början hade låtit som politik var nu mest fyllesnack. Inte heller i Gävle blev vi kvar speciellt länge.

— Älskling, förlåt… Jag har varit en usel make. Jag vet det, men nu kommer allt att bli bättre. Jag lovar!

— Har du vunnit pengar? undrade jag.

— Haha! Det beror på hur man ser det. Jag har fått jobb i Stockholm. Som byggarbetare. Det kommer att vara mycket bättre lön och nu kan vi köpa den där bilen vi så länge har sagt att vi ska ha.

— Så vi ska flytta igen?

— Ja! Byggbolaget låter sina anställda med familjer bo i helt nybyggda lägenheter till samma hyra som vi har här.

— Är det sant?

— Jag vet att jag inte är mycket att lita på, skrattade han, men den här gången är det sant. Karl— Ivan hade rätt. Vi fick flytta in en ljus trerummare med riktigt badrum. På golvet låg ljusgrå stenplattor och upp till halva badrumsväggen satt vitt kakel. Ovanför var det målat i en klargul färg. Badkaret delade kran med handfatet och själva duschmunstycket påminde om en gammeldags telefonlur. Det dröjde inte länge förrän jag var gravid igen och det dröjde heller inte länge förrän Karl— Ivan hade återupptagit sina fyllediskussioner i vårt kök. Den här gången med andra byggarbetare. Rickard föddes, festerna lugnade ner sig ett slag för att sedan återupptas igen. Jag hotade med att flytta, men då köpte Karl— Ivan den lilla bilen han så länge hade pratat om. En liten vit folkabubbla med bruna säten och takräcke. Vi fick precis plats alla fem. På en av våra turer hamnade vi ute på Djurgården och där upptäckte jag till min stora glädje att det fanns ett stort nöjesfält med karuseller och en berg— och dalbana. Gröna Lund. Det var många gånger större än det lilla Tivoli jag hade hängt med några år tidigare, men med tre ganska små barn i hasorna gick det första besöket på Djurgården i stället till Skansen. Så underligt det var att visa upp djur som jag var uppvuxen med hemma på gården och i skogarna runt omkring mig, inne på ett inhägnat område mitt i Stockholm. Jag lovade mig själv att jag nästa sommar skulle besöka Gröna Lund och åka berg— och dalbana. Hösten kom och vi fick en inneboende. Ingen som jag ville skulle bo hos oss utan en karl som blivit utkastad av sin fru och nu var bostadslös. Karl— Ivan frågade mig aldrig om vad jag tyckte utan sa bara

— Han ska bara bo här några nätter. Jag lovar! Han måste ju ha tak över huvudet.

Efter några nätter sa han åter att det blir bara några nätter till. Han har blivit lovad ett rum hos en tant i Enskede från måndag.

Lägenheten var trång och den en gång så ljusa känslan hade ersatts av en dunkel kvart där gardinerna hängde lite som de ville och tomma flaskor och disk fyllde vår diskbänk. Jag hade fullt upp att ge barnen mat, försöka få dem att se rena ut medan jag dövade min alltmer påtagliga och så välbekanta ångest med slattarna från flaskorna i köket. På något märkligt sätt väntade jag nu mitt fjärde barn med Karl— Ivan. Mitt femte. Vi hade ännu inte besökt min hemby, jag fantiserade om hur min första Gun såg ut och hurdan hon var. Säkert frireligiös och spiknykter som alla andra och jag kunde inte längre klandra dem.

Georg föddes och vi fick inte längre plats i bilen hela familjen. En ny bil hade vi inte råd till då alla pengar på något magiskt sätt försvann till de förbjuda dryckernas intima värld. En dag skulle jag till Gröna Lund upprepade jag för mig själv för att hålla någon slags glädje i tankarna. Vår inneboende flyttade ut strax efter Georgs födsel. Han stod väl inte ut med allt barnskrik som inte ens berusningen kunde avskärma. Karl— Ivan försökte reparera sig själv. Försökte reparera oss. Han diskade och städade och började plötsligt att laga mat. En dag kom han hem med ett stort fång röda rosor.

— Förlåt… Förlåt så hemskt mycket. Jag skulle ha sjasat i väg den där slashasen tidigare. Men jag städar upp nu. Jag saknade känslan av vind och orsakade en storm i mitt eget äktenskap genom att skälla ut honom efter noter.

— Om du nu så gärna vill städa upp efter dig NU så kan du ta de här tallrikarna också! Skrek jag och slängde en trave tallrikar i golvet så porslinsskärvorna flög omkring. Du kan städa upp dina ungar också, se till att de har rena kläder och att badrummet går att vistas i och att ingen ligger och sover i badkaret där DINA ungar borde få bada och vara rena som andras barn! Karl— Ivan grät som jag aldrig hade sett honom gråta. Hulkande stod han med armarna bara hängande rakt ned men med rosorna kvar i ena handen. Så böjde han sig sakta ner och plockade skärva efter skärva. Karl— Ivan var en snäll man i dåliga sällskap. Vi insåg det båda två nu.

Jag tittade ofta på tunnelbanetågen som passerade ovan jord precis där vi bodde. Karl— Ivan, barnen och jag och undrade vart man skulle komma om man åkte tills det tog slut. I min fantasi var det en berg— och dalbana som skulle slunga mig i väg till min första Gun, till skogarna och myrarna där fjällen var som ett vågigt band borta i horisonten och där luften var klar och kall och lätt att andas. Där folk var frireligiösa och spiknyktra och ännu förhöll sig till det gamla.

Mina fingrar slöt sig om Bieggolmai (Samiska guden "Vindmannen"), en liten figur i tenn, i min ficka och jag önskade en virvelvind som skulle komma och svepa bort mig från tristess och dåligt sällskap. Utan att jag visste hur, stod jag plötsligt på perrongen och när det silvergrå tåget kom hoppade jag in i trollerivagnen och försvann med den eviga berg— och dalbanan som skulle ta mig åter till vindarnas vidder på fjället. Kvar på perrongen lämnade jag en snålblåst som aldrig skulle försvinna. Mitt namn var Sara, en gammal ahkka (Kopplat till gudinnorna ovan, men kan också stå för en äldre kvinna med visdom och kraft.) som för alltid ska beskydda mina efterlevande genom att blåsa vinden åt rätt håll.

Ödesmättad av Susanne Andersson

Mitt namn är Verdandi. Jag tror du känner mig, kanske inte till namnet, men vi träffas varje dag.

Det är jag som är nuet. Tillsammans med mina systrar Urd och Skuld, spinner jag den tunna väv som vi kan kalla öde. Det är vi som är ditt förflutna, ditt nu och din framtid. Urd var det längesedan du träffade och Skuld har du ännu inte mött. Era vägar kommer korsas om ett ögonblick, strax eller om en stund. Öden upprepas, vävs ihop, skrivs ner och väntar.

Välkommen!

Det finns minst en hemlighet bakom varje dörr. Eller om du vill kalla det öden, så går det också bra.

Det blir många hemligheter, eller hur? Tänk dig då att bakom stora vackra dörrar som den du just ska öppna, med handtag nötta av generationers händer, unga svettiga, gamla skrynkliga händer som alla darrat av förväntan, finns miljontals öden att ta del av.

För att komma dit du nu befinner dig har väntan varit lång, jag förstår det. Lång, men absolut inte förgäves. Du kommer att få del av mer hemligheter och öden än du kanske vill?

Vägen hit har varit krånglig, svindlande och ibland har du funderat på om det är värt.

Du har gått uppför vindlande, knarrande trappor, vars steg beträtts av generationers fötter.

Ja, du kände säkert urgröpningar i trappstegen, vissa gjorda av snabba trippande fötter och andra av hasande, tunga fotsteg.

När du väl står här, i mörkret och håller ner det blankslitna handtaget anar jag att tanken känns hisnande, du kanske börjar förstå vad som döljer sig bakom den tunga ekdörren?

Har du förstått vad som är på väg att hända? Alla dessa livsöden som du strax kommer att kunna välja och vraka bland. Njuter du av det som är på väg att hända? Om du vågar? Jag hoppas ju det. Men jag vet också att när du väl öppnat dörren och gått in, går du inte frivilligt ut.

Såja, har du bestämt dig ska du inte tveka. Dörren knarrar lite och golvet knakar, men låt dig inte skrämmas av det. Jag sätter min hand över din, så gör vi det tillsammans. Du skälver. Var inte rädd. Känner du hur handtaget nått botten? Du är snart där, knuffa till lite nu. Ahh, där knarrade det rejält. Gå nu över tröskeln, jag tar emot dig om du snubblar, det lovar jag. Bra!

Låt dina ögon vänja sig vid rummets dunkla ljus. Det finns endast några få fönster, men vi behöver inte mer. Ser du hur dammkornen dansar i ljuset?

Jag känner din puls, den går igenom den tjocka luften och in i mig. Jag förstår så väl. Det är inte min första gång här, men jag förnimmer min känsla tillsammans med dig nu i detta ögonblick.

Du har svårt att andas? Är det ångest? Glädje? Oro? Förstår du din känsla?

Stanna ett ögonblick, blunda. Sök i ditt innersta, gå till den som är du. Dröj kvar där en stund.

Du andas lättare nu. Då går vi vidare. Fortsätt blunda, jag leder dig dit vi ska. Bra, håll hårt, släpp inte taget. Några steg till. Så där ja. Öppna dina ögon försiktig. Släpp inte taget om mig.

Nu ser du det jag ser. Visst är det hisnande?

Du känns svag, men var inte orolig. Jag fångar dig när du faller. Förstår du nu? Förstår du vad jag menar?

Seså, välj nu ett öde. Jag håller med dig, det är inte lätt. Du kan inte? Jodå, det kan du.

Till ditt försvar vill jag säga att det är din första gång på en plats, så olik alla andra, en plats så osannolik att det egentligen inte går att greppa. Hyllmeter efter hyllmeter fyllda till bristningsgränsen av hemligheter, historier som bara väntar att få dela sina öde med dig.

Ställ dig mitt på golvet, Lyssna! Hör du viskningarna? De kommer från alla håll. "Ta mig, välj mig" Snurra runt i takt med orden du förnimmer och sedan tror jag att du har svaret.

Ja, det är varmt och kvalmigt, svetten rinner sakta längs ryggraden. Jag lägger märke till att ditt hårlockar sig i den fuktiga luften. Du är åtråvärd i ditt lidande och det är svårt att slita blicken.

Luften och tiden står still. Stora klockan på norra väggen har stannat upp, väntar på dig nu.

Jag hämtar en stege. Vänta här, jag kommer alldeles strax.

Sådär ja! Stegen är på plats, nu kan du hämta det öde du valt.

Är du rädd? För vad? För ditt eget öde? Var inte det, andas djupa andetag och hitta tillbaka till det trygga i dig. Du rår inte på vad som väntar dig. Bry dig inte om det, släpp tanken.

Koncentrera dig på nuet och ödet du snart kommer hålla hårt i din hand. Gå nu!

Varför tvekar du? Ta ödet i din hand. Dra ut boken försiktigt och håll den hårt men ömt under stegningen tillbaka ner till mig. Golvet knarrar för varje steg du tar och ljudet är vackert, rörelsen i det gamla ekgolvet känns under mina fötter, går igenom min kropp som ett jordskalv.

Boken, ödet, hemligheten som du stolt visar upp har valts en gång tidigare. Spännande.

Jag vet vad som komma skall, men är tyst som natten. Detta är ditt val, ditt öde som du har egen tolkningsrätt till.

Läderbandet tycks vara skört av ålder eller kanske är det själva historien som gjort det slitet och trasigt? Det vet du inte förrän du hört och läst, då vet du. Oftast är det läsaren själv som tar det beslutet. Det är betraktaren som bestämmer.

Nu ska du lukta på boken. För den försiktigt mot näsan, Vad känner du? Luktar den läder, damm och en unken gammal doft? Kanske luktar den tobak? Eller förnimmer du doften av lycka, tragedi, tårar eller skratt?

Bestäm dig och gå vidare till utseendet. Är boken fläckig av feta fingrar, eller beror märkena på utspillt vin? Kanske det är tårar av sorg? Ytterligare ett beslut du måste fatta.

Ser du förresten några bitmärken längs kanterna? Om du gör det är det en bok du behöver smaka på. Ja, nafsa lite och sträck ut tungan, slicka lite. Smakar det surt? Eller skönjer du kanske en sötma? Är du säker på att det inte finns en beska på slutet?

Håll nu boken på armslängds avstånd. Snurra runt den, försiktigt, missa inte någon vinkel.

Verkar den vara läst tidigare? Syns det om någon vikt upp den i mitten, för att väcka boken till liv? Är den tjock? Det kan betyda att ödet gått snirkliga vägar, kanske det är ett svårdefinierat livspussel den döljer?

Hur ser sidorna ut mellan omslagen? Går de mot gult eller de kanske till och med är något bruntonade? Är det så håller du i en distingerad gammal bok. Den har varit med länge. Ödet är gammalt, men för dig nytt.

Nu vill jag att du lägger boken mot ditt öra, som när du lyssnar efter havet i en snäcka. Koncentrera dig nu. Hör du något? Pianomusik? Någon som gråter eller viskar en hemlighet till någon nära? Kanske en mor som ropar på sitt barn? Eller hör du rösten från någon som tar avsked?

Ägna dig ytterligare en stund åt det öde du valt. Vrid, vänd, betrakta, lukta, lyssna och smaka i lugn och ro, så ses vi strax. Eller om en stund. Välj du.

Just det, innan jag går, det är en sak till jag vill be dig om. Bläddra igenom boken också. Ibland kan man hitta ett gammalt blekt fotografi, ett gulnat tidningsurklipp, en torkad blomma eller om ödet vill, en handskriven lapp. Ett brev från någon som älskat eller rentav hatat, eller bara velat säga hej, frågat någon om hälsan. Kanske det du hittar kan dateras? Är det inte spännande så säg?

Nu lämnar jag dig för en stund. Glöm inte vad jag bett dig göra. Historien sedan blir så mycket fylligare om du följer mina enkla instruktioner.

Innan jag återvänder, står jag i mörkret bakom en av hyllorna och iakttar.

Du är vacker att se på när du läser av ödet du håller ömt i dina händer. Jag är nyfiken på vad du känner. Är dina känslor en spegelbild av mina? Vi är en och samma du och jag, våra inre är nära varandra. Jag förstår, men jag dömer inte. Vem vore jag att lägga skulden på dig?

Golvet knarrar när jag går fram till dig. Det pirrar återigen i kroppen när jag känner knarret från träplankorna, men denna gång känner jag mig också förväntansfull, nästan upphetsad av hemligheten som väntar. Nu är det du som styr, jag är totalt maktlös.

Min röst sviker mig en aning och med hes, grumlig röst, inte alls likt min lugna vibrerande stämma, börjar jag vår resa i ditt öde, som samtidigt är mitt.

Du sträcker ut dina armar mot mig, som om du ber om nåd. Dina händer håller fortfarande hårt om boken, så hur gärna jag än vill, kan jag inte bända den ur ditt grepp. Jag ser att du gråter tyst och tårarna faller ner och fläckar lädret. Du viskar att du brinner upp, att du inte kan hålla tillbaka de känslor din valda hemlighet ger. Du är redo att dö. Nej, du ska inte dö, inte än och inte nu.

Boken doftar av skam och ensamhet, säger du. Den luktar förtvivlan och mörker. Du vill inte lukta mer.

Nå, då går vi vidare. Men det kommer inte bli mindre smärtsamt, bara så du vet. Jag ser på dig att du lider, njuter, hatar, älskar i det ögonblick som är nu.

Tycker du boken är vacker? Sliten säger du. Ja jag håller med dig. Den är repig, fläckad av tårar. Det bruna läderbandet är tummat.

Vill du börja läsa boken nu? Inte än min vän, du får tåla dig lite.

Först vill jag veta smaken på hemligheten du har i din hand. Nå? En bitter smak säger du? Ja, säkert har du rätt. Du tycker dig förnimma rädsla. Vad mer? Jag är nyfiken, säg nu. Förvirring och en unken, nästan rutten smak du inte känner igen? Hmm, intressant. Det smakar så illa på din tunga att du inte kan låta bli att grimasera.

Vad är det? Jag ser att du vill få ur dig något? Bara säg. Vad är det?

Ett tidningsurklipp? Åhh, spännande. Jag anade att du skulle hitta något speciellt i den boken.

Får jag se? Oj, det har verkligen gulnat av ålder. Vad står det? Kan du läsa eller har bokstäverna försvunnit av tidens rand? Försök iallafall, något ser du säkert.

"Igår kväll inträffade en singelolycka, där en ensam kvinna körde in i den bergvägg som för exakt fem år sedan tog hennes båda föräldrars liv. I passagerarsätet hittades en bukett vita liljor, ett svart kors samt ett bleknat fotografi"

Nåja, nu är det dags. Öppna nu boken och låta ödet tala själv, du behöver bara lyssna och känna. Schh!

"Jag kallar henne för Syster. På dagen för fem år sedan flyttade hon in. Jag tar hand om henne. Syster är någon, men ändå inte.

Hon förändrades, Syster, blev skir, nästan genomskinlig, som en tunn gardin som flyger i vinden. Syster pratar inte mycket, sitter mest i sin gröna fåtölj med den svarta katten i sitt knä och tittar framför sig. Ibland ler hon mot mig, men det är ett kusligt leende, jag vet inte vad det betyder, mer som ett grin. Hon äter nästan ingenting, men klarar sig ändå på det lilla hon petar i sig. Ibland när hon tittar på mig med sina svarta ögon blir jag rädd. Hon är som min spegelbild, fast ändå inte. Hon finns, men ändå inte. Hon syns, fast ändå inte.

Jag gör vad jag kan för att ta hand om henne. Ibland är det lätt, då märks hon inte. Oftast är det svårt, jag vet inte vad hon vill eller vad hon tycker, hon bara glor när jag frågar något, som om svaret finns hos mig. Hon lever genom mig, verkar inte längre ha några egna tankar. Hon är en skugga, en fantasibild av den hon tidigare varit.

Idag ska vi ut och åka. Jag har bestämt att Systers bleka, nästan genomskinliga gestalt behöver sol. Planen är att åka till mors och fars grav, några kilometer bort. Ja, så är det. Syster och jag har bara varann nu. Vi åker i skymningen trots min önskan om sol.

Syster vill bara ut vid skymningsdags. Det blir som Syster vill, det blir det alltid.

Blommor har jag köpt, vita liljor i vanlig ordning. Syster älskar vita liljor och vill att jag alltid köper det. En gång köpte jag en bukett vanliga blommor, men då blev Syster arg och vägrade åka med. Det är otrevligt när Syster blir arg, så numera köper jag endast vita liljor till mor och far.

Jag, den starka, är oftast den svagaste och låter Syster styra.

Syster sitter tyst på passagerarsätet, knappt att hon märks. Hennes gestalt ger heller ingen spegelbild i fönsterrutan, så omärkbar är hon, min syster. Hon håller de vita liljorna i sitt knä.

En outhärdlig stank av förruttnelse blir plötsligt kännbar och jag öppnar det lilla trekantiga vädringsfönstret. Det går inte att öppna särskilt mycket, men jag tänker att vinddraget kanske kan mota bort den värsta lukten. Fotografiet jag har satt fast på solskyddet, fladdrar till när en vindpust når det. På det svartvita fotografiet kan man se tre personer, som sitter tillsammans på en bänk. Mor till vänster, far till höger och jag i mitten. Den enda som saknas på fotot är Syster, men det är inte alltid hon syns även om hon varit med.

Jag sneglar på Syster och ser att hon börjat vrida på sig, som om hon känner sig olustig över något.

Hon sliter av sig sitt halsband med det svarta korset, hennes smala händer börjar skaka, hon höjer armarna som nu viftar vilt omkring sig, som i panik. Syster vrider sig mot mig och ögonen i allt det bleka är svarta som kol, men brinner på ett sätt jag inte tidigare sett. Syster tar tag i ratten, grinar mot mig och plötsligt är det tyst"

Ditt ansikte är grått, nästan vitt, i dunklet runt om oss. Du andas kort, tungt, kippar efter andan. Du är blöt av svett och jag ser paniken i dina ögon.

Jag håller om dig, försök lugna dig. Varför valde du just denna hemlighet, min vän? Är det ditt förgångna, din framtid eller nuet? Kanske en del av allt?

Förstår du nu att det inte är du som styr ditt öde?

Är det ett eko från Urd eller är det Skuld du hör i fjärran?

Kan du förhindra det som ska ske, eller finns det redan i din historia?

Hur som, det är något du måste förhålla dig till. Det finns inget att ångra eller skämmas över.

Du vill välja en annan bok, säger du? Ja, absolut kan du välja en till, men känns inte det som desperat försök att blunda inför något som inte går att ångra? Ditt första val kan du inte göra ogjort och bara för ett ögonblick, fundera på om det är historien i boken som väljer dig och inte tvärtom?

Jag och mina systrar väntar oss inget tack. Vi gjorde vårt bästa med det vi hade. Jag är ledsen, men kan inte se att vi kunnat göra på annat sätt. Historien är din.

Den Perfekta kvällen av Agnes Larsson

Ett klingande ljud ljuder från Simons mobil. Frenetiskt plockar han upp telefonen ur fickan på de ljusa linneskjortsen. Skärmen lyser upp och notisen från Tinder visar att det har blivit en perfekt matchning!

Grabbar! Jag ska på dejt! Ropar Simon ut över bordet på uteserveringen.

Grabbarna, de sju vännerna från olika tidsspann i livet jublar. De ropar skål och babblar oavbrutet i mun på varandra. Simon sväljer tungt. Vad sjutton har han ens gett sig in på.

"Får jag erkänna en sak? Jag vet inte vad du har gjort med mig. Mitt hjärta brinner när jag tänker på dig, när jag ser ditt varma leende och gnistrande ögon. Jag kan inte låta bli att le som en tönt varje gång jag tänker på dig och varma kropp tätt mot min. Det här låter som taget ur en låt från Vikingarna, men jag känner mig en smula besatt av dig! Är det rimligt?"

Simon och Alex har dejtat i två månader. Det har setts filmer på bio, ätits god mat på restauranger och natthimlen har skådats ett flertal gånger hand i hand. Ännu har ingen av dem varit hemma hos varandra, de vill båda spara på den nyfikenheten tills de verkligen vet om livet tillsammans med varandra är något att ta vara på. Ingen har bråttom fram och båda två är lite skadade av livet som varit fram till nu.

"Att vara besatt av någon man endast känt i åtta veckor känns väldigt orimligt, men jag blir ändå helt salig av ordet. Det är som att mina fotsteg trampar på fluffiga bomullstussar. Som att mina andetag är gjorda av bubblig Prosecco. Det rusar i hela kroppen när jag får in dig i mina tankar. Att dra handen genom ditt silkeslena, bruna hår är ren och skär terapi. Jag vill ha din energi runt mig varje dag! Vågar jag fråga frågan om du skulle vilja komma hem till mig kommande lördag?"

31

Alex sitter i köket och skriker rätt ut. Av omöjlig mängd lycka. Simon ska äntligen komma hem till honom ikväll och Alex vet inte överhuvudtaget vilket ben han ska stå på. Han vet att Simon älskar skaldjur, så det ska bjudas på en riktigt fräsig räkmacka, givetvis med färska, skalade räkor från fiskboden nere på torget. Till detta passar allra bäst en kall flaska Riesling, med fruktig smak av päron och vanilj. Till efterrätt blir den en enkel men god Pannacotta, toppad med färska jordgubbar och hallonsylt. Filmer finns att se på alla tusen olika streamingtjänster som han betalar för varje månad och sängen har fått nya, rena lakan, även fast de inte ska vara där, vill han helst vara på säkra sidan. Han vet att Simon kommer ha på sig den otroligt charmiga mössan som alltid får honom att ramla omkull i tankarna.

De pastellfärgade, gula kuddarna i soffan är puffade och ljusen på bordet brinner i lugn takt med en mjuk doft av magnolia. Bryan Adams sjunger om kärlek och evig längtan i högtalarna och stämningen går att ta på. Alex tar ett djupt andetag och försöker andas ut nervositeten som spinner inne i hans kropp. Om det är fjärilar i magen eller en mask under hans skinn, det kan hans känslor inte sätta ord på. Han litar på att Simon är en bra kille, men känner sig ändå otroligt osäker. En känsla han inte riktigt vill ha där, men inte vet hur han ska få bort.

Det ringer på dörren och in stiger Simon. Han har blåa jeans och en vit t-shirt, matchar med ett par bruna skinnskor med snören och en lika blå jeansjacka. Mycket riktigt har han sin svarta sotarmössa som hänger på sned på huvudet och det lyckligaste leendet omfamnar Alex.

— Hur kan man sakna någon så himla mycket fast att man sågs för mindre än tjugofyra timmar sedan? utbrister han i samband med kramen.

— Men sluta, jag vet inte! Känner detsamma, åk aldrig ifrån mig bara! skrattar Alex, med lite sanning och lite osäkerhet i rösten. Äntligen är han här.

— Jag lovar, jag tänker att jag flyttar in nu! svarar Simon lugnt och tar ett litet steg tillbaka och tittar sig omkring. Herregud vad fint du bor! Varför har du inte sagt att du bor i en lyxlägenhet? Eller ah, alltså du är ju helt klart det lyxigaste här, flinar han igen och sneglar på Alex som står nervöst med händerna knutna framför sig.

Alex tappar talförmågan och ler i stället bara tillbaka. Att se in i Simons ögon för länge får honom helt knäsvag. Han är fortfarande helt oförstådd med att han har den finaste killen i stan hemma i sin hall. Han skakar på huvudet och vänder sig om för att gå in till köket. Vin, det behövs vin.

— En perfekt kyld Riesling till mitt finbesök, hur smakar det? Säger han plötsligt med lite lätt tillgjord röst.

— Du läser absolut mina tankar, det är allt jag vill ha! Simon sträcker ut händerna mot vinglaset och tar sig en sipp. Hans ögon rullar på ett sätt som bevisar att det smakade precis som att hans själ läktes. Som all dålig energi svävade ur kroppen. Som en varm kyss i sommarregnet.

Maten serveras och efterrätten blir uppäten. Det har pratat om allt mellan himmel och jord och ämnena tar aldrig slut. Sidospår skapas och skratt och tårar delas. Hur kan man känna så mycket för någon egentligen? Undrar Alex för sig själv när han sitter och iakttar Simon i sitt gestikulerande när han pratar om sin familj. Simon avslutar sitt samtal med en harkling och leendet avtar.

— Du, Alex. Underbara, sexiga, roliga, duktiga Alex. Du är fantastiskt? Har jag sagt det för många gånger? Inte? Okej, du får det en gång till, du är otroligt!

Simon skjuter bak stolen och ställer sig upp. Han drar handen genom det bruna håret och stoppar händerna i fickan.

En otroligt konstig stämning kommer smygande och Alex känns som han ska strypas över vad som komma skall.

— Vad sker? Ska du fria eller mörda mig? skrattar han lite osäkert. Behöver du gå på toaletten så är det den andra dörren till höger i hallen. Jag kan spela hög musik om du önskar, lägger han till i panik.

— Nej men sluta, jag ska inte gå på toa. Allt är under kontroll, tyvärr, svarar Simon lågmält.

— Tyvärr? Nu får du tala ordentligt, du gör mig sjukt nervös. Dra inte ut på detta en sekund till. Alex skjuter bak sin stol och sätter sig rätt mot Simon där han står.

— Jag… Har en otroligt konstig sak att berätta. Jag hade tänkt säga det till dig redan i början när vi träffades, men du visade dig vara en sådan helt otroligt underbar människa, så jag kunde inte. Jag vill veta mer om dig, jag vill lära känna dig och jag vill ha dig i mitt liv, men jag har ett problem.

— Säg inte att du har cancer. Eller ska du flytta till månen? Sluta, säg nu! Mitt hjärta går i miljoners bitar Simon, gör inte detta, viskar Alex förtvivlat.

Känslorna stryper hjärtat. Det känns som att någon står på hans själ och gnider hårt åt med hälen rätt in i de djupa såren. Samvetet vill dränka honom. Han skäms över alla besluten i livet just nu och önskar sig tillbaka till stunden på uteserveringen med grabbarna. Han borde inte ha laddat ner appen. Han borde inte gått in och svajpat på någon av killarna. Han borde bara låtit bli, men livet förde honom till situationen han är i idag. Simon blundar hårt och en tår vill ta sig ut, men han lyckats hejda dess framfart.

— Alex. Jag är inte gay, jag har fru och barn. Alltså jag är gift. Och jag har varit otrogen. Mot henne och mot dig. Jag träffade dig och blev kär. Allt gick så fort. Jag förstår själv ingenting. Hur vet man ens svaret på vad kärlek är? Förlåt.

Alex' händer fördes upp mot ansiktet. Hjärtat gick mycket riktigt i bitar. Det både hördes och kändes för honom. Det svider i hela kroppen. Att han igen har vågat lita på och släppa in en person i sin tryggaste miljö och här står han och berättar att han är bland den värsta sortens människa. Ögonen spricker och tårar faller ner för hans kinder. Han vill spy och skrika på samma gång.

— Jag vill att du går och aldrig vänder dig om.

— Men Alex, jag vill inte förlora dig, säger Simon uppgivet.

— Jag kan inte lita på det du säger. Du fanns på en dejtingapp. Vi sågs inte direkt av en slump på stan. Då hade jag kanske köpt att kärlek vid första ögonkastet finns, men det du säger nu, vill jag inte höra eller ha i mitt hem. Så jag vill att du lämnar, ta med din förbannade mössa och gå. Knyt skorna i trapphuset, jag bryr mig inte. Försvinn.

— Alex, förlåt. Jag fanns på appen på grund av ett vad-slag vi gjorde på jobbet. För o se om jag kunde hitta någon. Det var inte meningen att det skulle gå såhär långt.

— Idiot. Det du säger nu gör inte direkt saken bättre? Det förstår du väl? Jag vill aldrig se dig igen och jag hoppas din fru och barn säger samma sak. Lämna!

Alex skriker ut de sista orden. Det är som att en stark migrän har intagit rummet och han måste bli av med den. Han måste få bort doften av Armani-parfymen. Han måste få bort minnena av det gyllene leendet och det otroligt mjuka skrattet. Glömma synen av ögon som rullar av njutning och den intensiva blicken när han märkte att Simon lyssnade på honom. Han vill inte komma ihåg den glittrande energin när Simon tryggt la sina armar runt honom i kramar som bara en sådan kille som Simon kunde ge. Han har aldrig i sitt liv stött på denna känsla av trygghet, tillit och lugn av en annan människa. Och det knäcker honom totalt.

Simon harklar sig igen och knyter näven i jeansfickan. Han tittar ner mot fötterna som står begravda i den lurviga mattan. Skam, skuld och ångest överväldigar honom. Kärleken svider likt salt i sår och att titta upp mot Alex är något han undviker. Han håller andan och backar bakåt. Vänder sig om och plockar upp den bruna påsen med vin och choklad som han hade tagit med sig som en efterrätt. Skuldkänslorna över att han svikit en så spontant viktig person för honom får även hans hjärta att brista. Han älskar Alex. Han älskar även Josephine. Och hjärtat slår hårt för familjen. De två små flickorna på sju och tre. Han vill inte vara föräldern som överger barnen i sina unga år, eller aldrig för den delen.

Precis som önskat knyter han skorna i trapphuset. Han byter den fräscha doften av mat och blommor till en unken och instängd korridor. Lamporna tänds automatiskt när han rör sig, men likt hans flimrande hjärta blinkar de i otakt. Hur ska han ens ta sig ur sin egen situation. Vad är kärlek och vem bestämmer egentligen? Hur kan han bara falla så hårt för en kille när han kollat åt tjejers håll hela sitt liv. Hur kan en annan människa få honom att känna sig så tillräcklig och accepterad för precis den han är. Vem ska han överge, Alex, Josephine eller sig själv? Simon öppnar dörren ut till den svarta natten och vandrar bort mot tunnelbanan. Kvällen är ovanligt tyst. Eller så är det han själv som inte hör. Han hör inget annat än Alex ord om att han aldrig vill ses igen.

"Alex. Hej, det här är Josephine, sambo med Simon. Som jag förstår det har ni haft kontakt. Simon är i skrivande stund helt förstörd. Jag har förstått att det har varit något på gång och jag kan inte anklaga honom. Han är en magisk man. En otrolig pappa till sina barn och absolut min bästa vän. Han är den pirrigaste killen man kan umgås med och jag förstår att du föll pladask. Tro mig, jag vet. Det svider i mitt hjärta att säga detta, men jag vill att du ger honom en chans till.

Han förtjänar er."

Joseph <small>av Stig Storm</small>

Kyrkogården stod öde. Det fanns en hel del soldatgravar och en utav gravstenarna hade tippat lite och vädret hade farit hårt mot både sten och text; knappt läsbart stod där:

Vår kära son Joseph Schultz,

Född 20 juli 1910 - Död: 20 juli 1941

Bokstävernas förgyllning hade bleknat och mossan låg tjock på stenens övre kant.

Vaknade flera gånger innan det var dags att gå upp. Ville inte, men ingen vill; alla önskar att det ska ta slut, men det gör det inte. Det bara fortsätter. Allting kändes meningslöst. Fukten var hemsk, stanken värre; blöta smutsiga kläder avger en distinkt odör som spreds i sovsalen och den var ohygglig. Väcktes av en hostning. Hörde sedan att de andra redan var vakna och vissa klädde till och med på sig. Det var ovanligt tyst, inget småprat, bara uppgivenhet och en robotlik sömnaktig, mardrömslik tillvaro där känslorna var som bortgömda och allmän förvirring rådde då rätt var fel och fel var rätt och ingen visste längre riktning eller mål och dagarna byttes ut mot andra dagar, lika förutsägbara. Dagarna flöt samman till trögflytande massa och vi flöt med som drivved, nästan samma som gårdagen och morgondagen var just denna dag. Och följande dagar skulle med all sannolikhet bara fortsätta och fortsatte gjorde allting; det hade varat alltför länge och alla ville att det skulle upphöra vilket det inte gjorde; bara evig upprepning.

Jag klev upp, domnad och rutinmässigt samlade jag ihop mina kläder, som hängde på en pall vid sidan av min bädd. Klädde på mig som jag gjort så många mornar tidigare och ingenting kändes verkligt, ingenting var på riktigt utan allt var bara som det var och när alla hade klätt på sig uniform och packat ryggsäcken till bredden lämnade vi baracken och på autopilot gick vi mot lastbilen, tömda på hopp och tro att det skulle bli bättre. Vi bar på våra tunga ryggsäckar som om vi vore fjättrade till kedjor där varje länk påminde oss om dödande.

Tåget hade ringlat sig fram genom ogenomtränglig terräng, hela vägen från Österrike. Joseph Schultz mindes hur han suttit med ryggen mot träväggen i godsvagnen, knäna mot bröstet, och lyssnat på de andras historier om kvinnor, om öl, om ära. Vissa uttryckte en viss förväntning och äventyret var i sin linda. Skratt avlöste högljudda konversationer och Tysklands rätt och andra länders orätt. Hur fienden var en best som behövde tämjas, helst dödas. Det talades om strider, om hjältar, om ärorik död. Joseph satt för sig själv och tänkte på sin bror. Tänkte på gården som han skulle ta över. Tänkte på sin framtid på den gården. Han mindes sin mor och sörjde sin far som dött vid fronten.

Jag var inte först ut, inte heller sist och väl ute möttes vi av en morgondimma som låg tjock över militärförläggningen och solen, solen hängde blek i molntrasorna och kämpade för att tränga igenom med sitt ljus. Allting var smutsigt. Det var sommar. Väldigt varmt, lika kvalmigt som det varit inomhus. 20 juli och hettan hade varit obarmhärtig under lång tid, också idag var det tryckande varmt; som ett varmt blött täcke över var och en av oss kämpade. Vi makade oss fram emot bilen med full mundering där ryggsäckens tyngd skavde djupa spår i våra axlar. Vi hade packat allt vi ägde för vi skulle inte tillbaka till förläggningen, vi skulle till ett nytt.

Det luktade bränt och från sjukstugan hördes, som vanligt, skrik från män som led, andra döende, vissa redan döda som tysta låg orörliga och väntade på att bli flyttade. Vissa blev kvar länge för det var ont om sjukvårdspersonal. Vissa satt bara och väntade, med uppspärrade ögon och inväntade döden, hoppades att någon skulle sluta dem där och nu för de orkade inte mer. Lukten av blod, piss och avföring var stark, och fastän man vant sig så var det hemskt varje gång man gick förbi. Ingen av oss tittade dit, vidskepliga som vi var, var vi rädda att om vi tittade skulle vi i slutet av dagen hamna där. Och de flesta som hamnade där kom inte därifrån.

Soldaterna från 714:e infanteridivisionen stod samlade i en lös formation. Väntade vid lastbilen som skulle föra dem någon annanstans, därifrån vilket i för sig var en lättnad, men ovissheten över var man skulle hamna vägde tyngre. Dimman rörde sig långsamt, som om själva landskapet tvekade inför vad som skulle ske.

— Uppställning! skrek sergeant Brecht.

Och alla ställde sig i givakt; raka som träd där de flesta skulle fällas, läggas på hög och köras till olika kyrkogårdar runt om i Österrike. Till tröst var det ingen som visste vem som skulle dö idag, men alla visste med säkerhet att någon eller några skulle dö.

Lastbilen väntade på oss, ingen sa något utan alla klev på, med nedsänkta huvuden satt vi i lastbilens innanmäte och fördes till Smederevska Palanka sydöst om Belgrad i Serbien. Kunde inte låta bli att tänka tanken att det var likbil för dit vi skulle, väntade kriget på oss. Dödens kvarn malde i högvarv de stackars män som trodde att de skulle överleva, även de starkaste karlarna blev offer för kulor och projektiler. Kvarnen malde och malde tills ingen längre fanns kvar och i min fantasi såg jag mig själv dö flera gånger, drömde det många gånger, men jag var inte död, inte helt i alla fall. Där i Smederevska Palanka väntade döden på vissa, och andra skulle kämpa för sitt liv, in i det sista medan de flesta i skräck anföll de som skulle dödas, de främlingar som hävdades vara våra fiender. De män som också kämpade för sina liv och vars fiende var vi. Vi satte skräck i dem och de satte skräck i oss och rädda fortsatte vi strida i ett krig som borde ha tagit slut för länge sen. Vi satt länge, vi satt på våra hjälmar och medan vissa var i sina tankar, som jag, hade andra börjat prata. Andra satt fortfarande tysta i sina egna helveten medan andra antingen delade hemskheter med varandra eller försökte lätta upp stämningen genom att dra ett och annat skämt. Skratten skapade en egendomlig situation, en helt absurd situation.

— Vad heter du? frågade soldaten framför mig

Han var ny, kände inte igen honom. Han var ung, inte mer än 19. Jag svarade:

— Joseph Schultz.

Drog fingrarna längs gevärets pipa. Metallen var kall. Tittade honom djupt i ögonen och frågade vad han hette, men då stannade lastbilen och befälet skrek att vi skulle skynda oss eftersom vi förmodligen skulle bli beskjutna av partisanerna som gömde sig i byn. Vi samlade ihop våra saker, våra vapen och ganska snart var flaket tomt. Lästen slogs igen och lastbilen vände, och körde iväg för att hämta mer kanonmat.

Väl framme hade partisanerna redan blivit tillfångatagna, uppställda på rad framför en vallgrav. Med händerna bakbundna stod de där och väntade på oss. Vi var förväntade. Korpral Mayer befallde oss att ställa oss framför partisanerna. Han var 21 år. Före kriget hade han kört lastbil mellan München och Salzburg. Hade flickvän. En hund. Framtidsdrömmar om att få äga sitt alldeles egna åkeri. Hans flickvän hade en gång sagt hon till honom: "Du är för snäll för att vara soldat." Han hade skrattat, kysst henne i på huvudet och sagt: "Det är därför jag kör bil, inte skjuter gevär."

— Ställ upp! Gevär redo! skrek korpralen. Och soldaterna lydde.

Joseph stod i ledet, geväret hängande löst över axeln. Framför honom väntade en rad män; 16 jugoslaviska partisaner som väntade på att just han skulle skjuta dem. De var människor. Några unga pojkar andra med vitnande skägg och vissa stirrade bara rakt fram, andras blick var tom; redan tömd på liv fastän fortfarande vid liv, men snart inte mer för han skulle släcka deras blickar. Ordern hade varit tydlig. Avrätta de misstänkta partisanerna. Det var inte första gången Joseph hade skjutit någon, men något i honom hade börjat skava djupt inombords. De var människor. Så Joseph höjde inte sitt gevär.

— Schultz! Vad väntar du på? sa någon.

— Jag skjuter inte obeväpnade människor, svarade Joseph."

Mayer mötte Josephs blick, som efter et tag vände sig sakta mot raden av fångar. Han tog ett steg framåt. Första steget var osäkert. Inte bakåt, inte i sidled, utan framåt… mot fångarna. En av männen, kanske 50 år gammal, såg på honom. Inte med rädsla, utan med något annat. I ledet stod också Luka, ung, med kinden rödslagen efter misshandel. Och håret trassligt efter att någon släpat dit honom i håret. Han såg förvirrat på Joseph när han kom närmare. Innan kriget hade han träffat en flicka som han förälskat sig i, men hade inte vågat prata med henne, vilket han ångrade djupt.

— Du... är du en av dem? frågade han, på bruten tyska.

Bredvid Luka stod Milan, skolläraren från byn. Hans ögon följde Josephs steg och korpral Mayer, var villrådig och förvirrad…

— Vad i helvete! Stanna där du är, soldat!

Men Joseph fortsatte. Korpralen stirrade på honom och skrek.

— Vad fan gör du?! Du vägrar order?

Geväret lämnade hans axel. Han släppte det till marken som om det plötsligt blivit för tungt att bära. Det var inte längre hans att bära. Han ställde sig vid raden av fångar, tyst, vände sig emot sina kamrater som stod med lyfta vapen. Hans vapen däremot landade i gräset med ett dovt ljud. Korpralen svor, oförmögen att förstå vad som just hände.

— Du förstår vad det här betyder?" sa Mayer och fäste blicken på Joseph.

— Ja, sa Joseph

Mayer ville egentligen be Joseph att kliva åt sidan men det kunde han inte för han var ju korpral. De stirrade på varandra en kort stund, i tysthet och kanske någon form av samförstånd. Joseph sa inget utan nickade bara. Han var rädd, men ett lugn hade sänkt sig över honom, ett lugn som fick kriget att försvinna. En märklig klarhet hade infunnit sig, som ett ljus som skingrade dimman och fick honom att acceptera sin död: en lättnad. För de var människor. Kanske tänkte han på sin mor, på sin bror eller kanske tänkte han inte alls. Det spelar mindre roll för nu stod han där han stod och väntade tillsammans med de andra. Han ställde sig bland dem. Hans händer darrade först, men snart hängde de längst sidorna och han öppnade näven och sträckte ut sina fingrar som tidigare krampaktigt hållt i geväret.

— Gevär redo! skrek korpralen.

Soldaterna siktade. Någon tvekade, en annan svor tyst och en av soldaterna, en tyst kille från Thüringen, blundade. Han tryckte sitt gevär hårt mot axeln. Det här är bara ett uppdrag sa han tyst för sig själv. Ett uppdrag. Ett uppdrag. I ledet stod också Brecht; han var 34 år, från Leipzig. Hade studerat juridik före kriget. Skrivit artiklar om disciplin och lag. Han var övertygad om att ordningen var människans enda skydd mot kaos. Det var därför han blev soldat — inte för att döda, utan för att bevara strukturen. Och nu tvivlade han och sa:

— Schultz…Gör inte det här.

Korpralen avbröt och skrek:

— Eld!

Ett kort knatter av gevärssalvor och kropparna föll ner i diket bakom dem. Diket som de tidigare grävt, som de jobbat med så hårt och nu fick de sin sista vila i just det diket. Mayer gick fram till liken; de var människor men nu var det döda kroppar och klockan hade inte ens hunnit bli tid för lunch, men han skulle inte heller överleva fram till lunch. Ett granatsplitter av en handgranat skulle tränga sig in i hans öga och in i hans hjärna som skulle släcka allt för honom. Och kriget, det skulle fortsätta i fyra år till.

Josephs mor Anna Schultz fick dödsbudet en månad senare. ”Omkommen i tjänst. Fallit i strid. Inga detaljer.” stod det i brevet. Det var allt som stod. Hon la brevet på köksbordet, bredvid broderiets nålverk, och gick tyst ut i trädgården för att fortsätta skörda en fantastisk tomatskörd. Där mötte hon Karl, Josephs äldre bror. Hans händer var leriga av grävandet i det lilla potatislandet.

— Han är död, sa hon bara och fortsatte mot tomaterna.

Karl nickade. Tyst. Och fortsatte gräva i potatislandet medan han ansträngde sig för att inte falla ihop. Det knöt sig i magen och efter en stund kräktes han över de fina potatisarna.

Tre år senare anlände ett brev från Serbien:

"Ni känner mig inte, men jag såg vad Joseph gjorde. Han vägrade skjuta oskyldiga, utan gick istället och ställde sig bland dem som skulle avrättas. Jag vet inte varför. Men jag vet att han dog som en människa. En riktig medmänniska. Och det vill jag att ni ska veta. Vi i byn bestämde oss för att hylla honom så vi reste ett kors på platsen, platsen där han hade blivit avrättad tillsammans med de andra 16 partisanerna som dog med honom. Vi reste ett enkelt kors med texten: 'Hier stand ein Mensch'. Vi ville hylla honom och därför skriver jag också detta brev till er."

Karl läste det högt för Anna. Hon sa inget först men efter ett tag sa hon:

— Han valde att dö som människa, inte som soldat.

Anna behöll brevet i ett skrin vid hennes nattduksbord och läste det ibland. Och långt senare fick de ett fotografi tillskickat, en bild som framkommit i nazisternas arkiv som hade öppnats för allmänheten: en ung man i uniform utan vapen, lämnar ett led för att ingå i det andra ledet: ett val, en protest eller tecken på en man som fått nog. Fotografiet hamnade i samma skrin som fortfarande står på ett nattduksbord, men inte Annas.

Se mig av Frida Andersson

Jag sitter på taket till vårt hus, fötterna dinglar över kanten. Betongen under mig är varm efter solen, men luften börjar bli kall. Kvällsluft. Under mig ligger området, utfläkt som ett ärr. Asfaltsådror, blinkande lyktstolpar. Någon bromsar tvärt längre bort. Någon skriker. Någon garvar.

Allt är som vanligt.

Jag har mobilen i handen. Öppnar anteckningar. Har börjat göra det oftare nu. När jag inte pallar snacka med nån. När allt bara kokar inuti. Då skriver jag. För att inte explodera.

Det här skrev jag häromdagen:

Jag sitter och tittar på er.

Som en pundare glor på snubben i kostym, men ändå kör sprutan i armen.

Som en halt räv som ser haren men inte pallar jaga – för vägen dit gör för ont.

Ju högre man klättrar, desto hårdare blir fallet. Jag vet. Jag har kraschat.

Jag har fuckat upp. Flera gånger.

Men det värsta är inte smärtan. Det är blickarna när man ligger där.

När folk viskar: "Vi visste det."

Mina vänner hoppas att jag ska faila. Dom vill inte att jag klättrar.

För om jag lyckas – vad säger det om dom?

Jag heter Amar. Jag är tjugotre. Och jag försöker. Hålla mig borta från skiten. Göra rätt.

Men ibland känns det som ingen vill att jag ska lyckas. Inte dom där uppe med kostym och kontor. Inte dom där nere som jag växte upp med heller.

Jag pluggar på Komvux. Jobbar extra på ett fritids. Städar kvällar.

Fick ett samtal från kommunen igår. Dom vill att jag håller tal på nåt jävla ungdomsforum.

"Som en förebild."

Jag ville lägga på. Eller garva? Eller spy?

Tror ni kidsen ser mig som nån hjälte? En snubbe som slutade sälja och nu moppar skit? Tror fan inte det. Dom glor ju hellre på killar med snabba bilar och dyra kläder. Min första tanke var att säga nej. Men ändå sa jag ja. Jag vet inte varför. Kanske för att jag ville att nån skulle lyssna – bara en gång.

Sami dök upp idag. Min barndomsvän. Vi delade allt när vi var små – Pokémonkort, slagsmål, hunger.

Nu är han djupare inne än nånsin. Klev in med en ryggsäck och det där flinet han alltid haft när han planerat nåt dumt.

– Snabba cash, sa han. Du behöver det, bror. Kom igen. Vi gör det en sista gång.

Jag skakade på huvudet. Sa nej. Och det gjorde ont, inte för att jag ville säga ja – utan för att jag såg blicken han gav mig. Som att jag svikit. Som att jag tror jag är bättre än honom. Men det gör jag inte. Jag bara försöker ta mig upp innan jag sjunker igen.

Ibrahim är tretton nu. Min lillebror.

Han har börjat hänga med fel folk. Fel sällskap. Fel blick. Fel tystnad.

Igår kom han hem med en ny jacka.

Jag frågade var den kom ifrån.

– Från Sami, sa han. Han bryr sig. Mer än du gör.

Den träffade.

För jag försöker. Jag svär.

Men hur länge orkar man försöka när allt trycker ner en igen?

Har du nånsin vinkat till nån – och den bara kollade bort?

Inte ens låtsades se dig.

Den känslan. Skammen. Som om man skäms för att man ens försökte få kontakt.

Tänk dig att det är hela samhället som gör så.

Alla vuxna. Alla myndigheter. Alla som ska bry sig.

Dom ser dig. Men dom låtsas som att de inte gör det.

Som att du är en jobbig jävel som saknar värde.

En som borde fatta sin plats.

Dom dömer dig tyst för att du inte kämpar – men ingen undrar varför du tappat kraften.

Dom ser dig försöka – men himlar med ögonen om du misslyckas.

Du är han som trodde han kunde bli nåt.

Och dom väntar på att få säga: "Vi visste att du inte skulle klara det."

Jag skulle bara ta en hoodie. Drog upp dörren till garderoben och började rota.

Flyttade nån jacka.

Och där – längst in, tryckt bakom allting – låg en tygpåse.

Lindad som nåt man inte vill att nån ska hitta. Men inte klarar av att slänga heller.

Jag visste. Direkt. Innan jag ens öppnade.

Det stack i magen. Som när nåt går sönder inom en men man inte fattar exakt vad än.Jag öppnade ändå.

Det var ingen filmgrej. Inget slowmotion, ingen dramatik.

Bara metall.

Kall. Tung.

En pistol. Äkta.

Skott i magasinet.

Och nåt i mig dog lite.

Inte för att jag var rädd. Utan för att jag visste vad det betydde.

Det där var ingen lek längre. Det var på riktigt.

Benen vek sig. Jag satte mig på golvet. Bara satt.

Andades in lukten av tyg, damm och metall.

Och tittade. Stirrade.

Det var Ibrahims garderob.

Jag ringde Sami. Händerna skakade. Hjärtat rusade. Men rösten – den lät hård.

Jag skrek på honom. Svor. Hotade. Sen bad jag.

Bad som man bara gör när man är rädd på riktigt.

Han bara garvade.

– Du e sjuk i huvet, sa han. Du går runt o tror du e nån annan. Men du valde också, bror. Du ba spelar som om du inte gjorde det.

Jag ville slå sönder nåt. Men innerst inne visste jag – han hade inte helt fel.

Jag hade också varit där. Jag hade bara haft tur. En chans till. Någon som såg mig när det räknades.

Natten efter vaknade jag med ett ryck. Ingen Ibrahim i sängen. Mamma trodde han sov hos nån polare.

Men jag kände på mig. Det stack i magen.

Hans favoritkläder var borta. De nya skorna. Den där jackan från Sami.

Jag drog på mig hoodie och jeans och sprang. Genom hela området.

Förbi basketplanen, centrum, grillkiosken. Frågade runt.

De flesta bara ryckte på axlarna. Några tittade bort.

Till slut sa en grabb nåt om ett gammalt skjul ute vid industriområdet.

"Brukar va lugnt där… om man ska snacka."

Det var där jag hittade honom.

Skjulet var rostigt, halvt sönderplockat. En batteridriven lampa hängde från ett snöre. Ljuset fladdrade som en döende låga.

Det luktade fett – svett, gammal rök, olja. Tungt. Inget syre.

Ibrahim stod där mitt i skiten.

Pistolen i handen.

Två äldre killar i skuggorna. Vet inte vilka de var. Men de satt tysta.

Sami lutade sig mot väggen. Korsade armar. Flinade. Som om han kollade på nån jävla film.

Ibrahim såg på mig. Stirrade. Försökte vara kall. Käken spänd, ögonen hårda.

Men jag såg det.

Den där lilla pojken bakom blicken. Samma blick som när han var liten och försökte låtsas att han inte grät.

Jag gick mot honom. Lugnt.

Hjärtat slog så hårt att det kändes som om revbenen skulle spricka.

– Ge mig den, sa jag.

Han höjde hakan.

– Det här har inget med dig att göra.

– Det har allt med mig att göra. Du är min bror. Jag vet exakt vad det här gör med en.

Först håller du i den. Sen håller den i dig.

Tystnad. Alla bara stod.

Ingen drog nåt vapen. Ingen sa ett ord.

Och ändå skrek allt inom mig.

Sen sträckte han fram pistolen.

Inte som en kille som ger upp.

Som ett barn som lämnar ifrån sig något förbjudet. Något han inte förstod men som skrämde honom.

Jag tog den. Tryckte den i Samis famn.

Vi sa inget, Ibrahim och jag. Bara gick.

Inte som vinnare. Inte som förlorare.

Bara två bröder.

Som fortfarande hade chansen att inte bli som dom andra.

Idag höll jag mitt tal på ungdomsforumet, som kommunens utpekade förorts-förebild. Jag kände mig som en jävla maskot.

Jag stod på en scen framför politiker, rektorer, soc-tanter och ungdomsledare med vattenflaskor och dyra jackor. De log. Klappade lite artigt. Såg ut som de ville vara nån annanstans.

Jag kände mig liten. Men jag visste varför jag var där.

Jag tog micken. Andades. Började lugnt:

– Jag är inte här för att be om ursäkt för var jag kommer ifrån.

Nån antecknade snabbt. Några skruvade på sig.

– Jag är här för att säga att vi måste sluta ljuga för oss själva.

Sluta låtsas som att det är barnen som väljer det här livet.

– Era ungar leker krig i trädgården, springer runt med plastpistoler och ropar pang pang.

Och ni säger att det är "lek". "Fantasi" När våra barn gör samma sak – då kallas det riskbeteende. Då kallas det kriminalitet i förskott.

Jag höjde rösten.

– Det är inte barnen som förändrats. Det är ni vuxna som slutat titta.

Som slutat tro.

Ni som snackar om "tidiga insatser" men egentligen bara räknar dagar tills nån hamnar snett.

Så ni slipper känna att ni också har misslyckats.

Tystnad i rummet. Någon hostade. En annan suckade.

Men längst fram satt en kille. Typ fjorton. Hoodien för stor.

Han kollade rakt på mig. Inte som de vuxna.

Som om varje ord betydde nåt.

Det var för honom jag snackade.

Efteråt satt vi vid busshållplatsen.

Jag och Ibrahim.

Han åt sin kebabrulle tyst. Jag med. Luften var kall, men maten var varm. Det var nåt i det som kändes som förr.

Han sa inget först.

Men sen, som om han bara tänkt högt:

– Jag tror inte jag passar in nånstans.

Jag tugga klart innan jag svarade:

– Det är lugnt. Ingen gör det, helt ärligt.

Inte fullt ut.

Men det betyder inte att du måste trycka in dig där det gör dig illa.

Han nickade. Långsamt. Tuggade vidare.

Sen kom det:

– Tror du jag kan bli nåt?

Jag kollade på honom. På blicken som ibland ville vara vuxen men fortfarande bar nåt barnsligt.

På händerna som höll läskburken som om den kunde gå sönder bara man andades fel.

– Du är redan nåt.

Men det är du som måste välja vad.

Han svarade inte. Bara tittade bort.

Men jag såg det. Något i honom.

Inte en lösning. Men ett vägskäl.

Och ibland – ibland räcker det.

Det här är inte en historia om gäng.

Det är en historia om tystnad.

Om vuxna som vänder bort blicken när det gäller som mest.

Som snackar om ansvar men duckar när det brinner i ögonen på ungarna.

Om hur en enda vuxen som stannar kvar – som ser – kan göra skillnad.

Det är en historia om en pojke som trodde.

Och en till som kanske kommer göra det.

I galenskapens grepp av Emelie Norlén

Det här är ingen "och alla levde lyckliga i alla sina dagar"-berättelse. Jag vet inte ens om det är en berättelse, och den har definitivt inget lyckligt slut. Den har inget slut, utan vad ni kommer att få läsa nu är bara början. De flesta av er kommer tro att det jag har att skildra är en saga, och jag är benägen att till viss del hålla med, för jag vet, att era sinnen liksom mitt, inte är öppna för vad som har hänt. Och det är inget fel i det, det ligger helt enkelt i människans natur att inte förstå. Jag förstod inte heller, och jag har ännu inte riktigt greppat vad som har skett, men jag ska försöka bringa klarhet i det, både för er och för min egen skull, och kanske framför allt för framtida generationer, de måste vara beredda på vad som kan komma att ske en dag.

Ända sedan jag var tillräckligt gammal för att kunna minnas saker, har jag förstått att jag inte är som alla andra. Det kändes redan från början som att den värld vi levde i inte passade mig. Jag kände mig obekväm och kunde aldrig finna min plats bland de som egentligen borde ha varit mina kompisar. Jag lockades aldrig av någon idrott, och jag antar så här i efterhand att mina föräldrar var oroliga för mig, men jag noterade det inte särskilt mycket då. Skolan var för lätt, och vännerna där var obefintliga. Jag tror att jag dock trivdes rätt bra i min ensamhet, jag kunde fantisera och drömma mig bort till andra världar där enhörningar svepte över rosa himlar på sina skimrande vingar och skogens små gråklädda tomtar såg till att djuren hade mat om vintern. Jag visste ju att det bara var fantasier, men de runt omkring mig trodde att jag trodde annat.

Jag växte upp, och trots att jag trivdes i sagovärlden förstod jag också att det fanns en riktig värld, en som jag faktiskt var tvungen att anpassa mig efter. Nog för att jag fortfarande fantiserade, men jag förstod vad som var verkligt och vad som inte var det.

Jag började ana att något kanske inte var som det skulle en alldeles för varm försommarnatt. Det här är många år sedan nu, på den tiden då mitt hår ännu inte fallit av min hjässa och skägget ännu inte var grått, och för den delen fanns inte sådana här moderniteter som telefoner man bar med sig i fickan eller bilar som man kunde ladda i ett vägguttag. Jag var fortfarande ung och stark och jag tror att många betraktade mig som stilig, själv tänkte jag inte så mycket på det. Den där hettan var i alla fall onaturlig och det kändes som att hela världen var på väg att svettas bort samtidigt som blommorna vissnade och träden fällde sina löv.

Jag vaknade den natten av att något tungt ramlade ner på golvet i hallen. Min lägenhet var nog den minsta i stan, men det gjorde mig ingenting, utrymme var något jag inte behövde. Jag minns att jag var trött och kanske något överhettad, och när jag stapplade ut fann jag ett paket i brunt papper på hallmattan vid brevinkastet. Jag hade precis flyttat hemifrån, och blev lite nervös över att någon hade slängt in något så där mitt i natten, men jag plockade upp paketet. Det var tungt, och jag kände genom pappret att det var en bok. Föga anade jag då att denna bok skulle förändra mitt liv för alltid.

Nyfikenheten tog snabbt över och jag gick ut i köket och med darrande fingrar vek jag försiktigt bort pappret, rädd för att förstöra det. Det kändes skört och gammalt och jag fick känslan av fjärilsvingar mot fingertopparna när jag nuddade vid det. Jag lade varsamt pappret åt sidan och tittade ner på boken framför mig. I det skumma ljuset kunde jag se att den såg gammal ut, omslaget var någon form av rött skinn och en symbol var inristad på framsidan. I dunklet var det svårt att se vad den föreställde, men på omslagets mitt fanns en stor röd rubin. Boken luktade gammalt, ungefär som det kan lukta när man öppnar dörren till ett gammalt hus där inget har varit på många år.

När jag öppnade boken ramlade en gyllene ring ner i mitt knä. Den var kall mot mitt bara ben och när jag plockade upp den var den oväntat tung. Den var vacker, men inte liksom ringar kan vara, utan den var snarare som något levande, det kändes som att den pulserade där den låg i min hand, jag kan nog inte beskriva det på något annat sätt. Den var formad som en orm med ben, eller kanske en drake, jag kunde inte riktigt avgöra det. Den slingrade sig om sig själv, nästan som om den jagade sin egen svans, dömd till att aldrig få fatt på den. Jag kunde inte motstå lockelsen utan jag trädde på den på ett finger, och greps ögonblicket senare av en panik som jag sällan upplevt. Ringen…vred sig. Den vred till så att huvudet kom närmare svansen, samtidigt som den klämde åt så hårt att jag omöjligt kunde få av den igen. Luften flimrade omkring mig, som om värmen från den märkliga natten plötsligt hade fått ett ansikte. En röst viskade i mitt öra, rösten var trött och kall, och kanske något förvånad.

— Vem är du och varför har du väckt mig?

Sedan tycktes allt ske på samma gång, och jag kan inte längre säga vad som hände först och vad som kom sedan, men jag ska försöka återge det så gott jag kan. Det var i alla fall som om jag hade öppnat dörrarna till helvetet.

Jag reste mig så hastigt att stolen välte och slog i golvet med en hög duns. I nattens tystnad trodde jag att jag hade väckt hela huset, men under de följande sekunderna hördes ingenting annat än mina egna hjärtslag. Jag stirrade ner på ringen med fasa och gjorde allt i min makt för att få av den, men det var lönlöst. Den satt lika hårt fast som förra veckans inbrända gröt i kastrullen som stod kvar på diskbänken. En röst dånade i mitt huvud.

— VEM ÄR DU?!

Samtidigt slogs boken upp framför mig och som med en osynlig hand bläddrades sidorna fram och åter som om det stod någon vid bordet och febrilt letade efter ett svar. Jag backade undan och samtidigt som jag slog i väggen hörde jag rösten igen.

— SVARA MIG!

Boken på bordet hoppade och dansade som om den levde sitt eget liv och små rökplymer började stiga från sidorna som var uppslagna. Golvet vibrerade under mina fötter, och glasen i skåpen gjorde golvet sällskap. Kastrullen på diskbänken var nära att tippa över kanten, men på något udda sätt höll den sig kvar, balanserande på gränsen. Jag höll mig för huvudet, klöste med trubbiga fingrar mot mina öron, allt för att stoppa rösten. Men det var ingen idé, rösten kom inte utifrån. Jag föll ihop där mot väggen, och nu skakade hela världen, eller åtminstone min värld. Ett efter ett föll glasen ur skåpen och för varje gång ett av dem slog i golvet kröp jag ihop lite till, till sist satt jag där som en krampaktig liten boll.

— DU. ÄR. INGEN. FÖRSVINN FRÅN MITT SINNE OCH LÅT MIG VILA I FRED.

Samtidigt som rösten sade det sista ordet slogs boken på bordet igen med en hård smäll och vibrationerna försvann tvärt. Jag vågade inte se mig omkring, vågade inte röra mig, rädd för att starta allt igen. Jag kunde känna ringen hur ringen klämde åt på mitt finger. Inte så hårt att det gjorde ont, men som om den ville säga till mig att jag aldrig skulle kunna få av den igen.

Jag minns inte hur länge jag satt på golvet, det kan lika väl ha varit en timme som fem. Jag var livrädd när jag bestämde mig för att jag ändå behövde röra på mig. Musklerna i min kropp värkte och förskräckelsen över att åter höra rösten gjorde att jag smög så tyst jag kunde. Jag minns att det var så underligt tyst, men jag hade å andra sidan inte någon uppfattning om hur mycket klockan var, det kunde fortfarande vara mitt i natten. På min väg mot bordet tog jag en kökshandduk, och utan att tänka närmare på det slängde jag den över boken. Jag vet inte om jag inbillade mig, men det såg ut som att den rörde sig en gång till, som i ett sista försök att rasera världen, eller mitt kök, eller vad den nu hade varit ute efter.

På något underligt sätt lyckades jag glömma bort boken och ringen. De krossade glasen sopades upp och ersattes, och även om boken låg kvar där på köksbordet under handduken, och trots att ringen följde mig överallt, så försvann båda tingen ur mitt sinne. Det gick en, två och tio dagar. En månad försvann och den heta försommaren övergick i en minst lika varm sommar. Löven på träden vittnade om att inget regn hade fallit på många veckor, de torkade och ramlade helt enkelt av, som om hösten hade gjort sitt intåg alldeles för tidigt. Gräset var inte längre grönt någonstans, utan alla ängar och gräsmattor hade svepts in i en gul filt av törstande växter. Ingen frågade mig vad jag hade för underligt smycke på mitt finger, men det var kanske för att jag inte umgicks med någon, och det var ju så jag trivdes bäst. Det var så där olidligt varmt, så att det inte gick att sova om nätterna och just den natten när jag bestämde för att ta en promenad, är den då mitt liv skulle ställas på ända, det var åtminstone vad jag trodde.

— DU.

Ett enkelt ord, men det fick mig att snubbla till och falla handlöst till marken. Ringen om mitt finger brände min hud samtidigt som jag slog i den hårda, asfalterade ytan under mig och jag kunde inte undanhålla ett skrik av smärta. Jag kröp ihop där på marken, för att på något sätt kunna gömma mig. Rösten igen. Den fick mig att hålla för öronen, men jag hörde varje ord.

— DU ÄR INGEN. DU ÄR DEN SOM KOMMER ATT RÄDDA OSS. VI STÅR ENSAMMA OCH DÄRMED HAR VI FÖRLORAT. DU MÅSTE ENA OSS.

De första tre orden högg mig som en kniv i ryggen. Jag visste mycket väl att jag inte var någon för det var något jag sedan länge hade accepterat, men att få det så där… Sedan tänkte jag ett kort ögonblick på vad rösten mer hade sagt. Vad betydde det? Rädda dem? Rädda vilka? De galna rösterna som kommer och våldtar ens inre? Jag minns att jag försiktigt reste mig upp och såg mig omkring. En skugga flög över mitt sinne. Nej, det var över himlen. Hade natten varit riktigt mörk hade jag aldrig noterat skuggan. Jag vågade mig på att ställa en fråga, tro mig att jag kände mig urdum när jag pratade rakt ut i luften, men jag lyckades hålla rösten både ödmjuk och vänlig, trots att mina ben ville vika sig under mig.

— Vem är du?

Min röst ekade i tomheten, jag var omgiven av vissna träd, några trötta buskar och en uttorkad bäck som annars brukade porla glatt den tiden på året. Långt bort såg jag en av stadens mäktiga kyrkor torna upp sig mot himlen, ståtlig och stolt hade hon stått på samma plats i århundraden, som en trygg och stabil grund bland stadens invånare. Jag fick inget svar på min fråga, och det gjorde mig faktiskt lite förnärmad. Däremot gjorde sig ringen påmind igen, den brände mitt finger, och det gjorde ont på riktigt.

— Hallå? ropade jag ut i natten, den här gången märkbart irriterad.

— Vem är du, och vad är det för dumheter du håller på med?

Tystnad. En tystnad som skrämde mig långt mer än vad något annat som hittills hade skett gjorde, och jag kan än idag inte förstå eller förklara varför. Jag fick ett infall att vända mig mot kyrkan och titta igen, och det jag då såg… Det är något som jag aldrig, så länge jag lever och andas, kommer att glömma. Jag trodde först att kyrkans tak höll på att blåsa i väg, men det var omöjligt, inte en vindpust lekte bland trädens torra löv där jag stod. Trots nattens dunkel kunde jag se något som rörde sig, något som var stort som…ja, jag kan fortfarande inte efter alla dessa år, hitta någon liknelse. Det var för mörkt för att urskilja några detaljer, men jag är säker på att jag såg en lång hals sträcka sig upp mot kyrkans torn och ett par vingar som slog några slag innan de åter kom till ro. Det var nog just mörkret som den gången gjorde att jag fick behålla mitt sinne i ett stycke, för det kunde inte vara möjligt. Rösten återkom, men det här gången var den mjukare, och mitt inre verkade inte vilja explodera i tusen bitar.

— Jag vet att du ser mig, och jag ser att du är rädd. Hur kan jag se? Jag ser genom dina ögon. Ååh, de är så små och naiva. Ni människor har aldrig kunnat se klart, ni tror er bara veta sanningen, men era små ögon tillåter inget annat. Men jag ber dig nu, var inte rädd.

Jag lydde inte, för jag var rädd, antagligen så rädd som någon människa någon gång har varit, och jag kunde inte förmå mig att svara rösten. Den fortsatte, och samtidigt som jag ville hålla för öronen så väcktes ändå en undran om vad som skulle komma. För mig själv ställde jag den där frågan som så många före mig har gjort som hamnar i udda eller utmanande situationer. Varför just jag?

— Jag vill att du lyssnar på mig, och om du inte gör något väsen av dig så kommer jag kanske till dig. Jag har inte möjlighet att berätta allt för dig nu, och du kommer antagligen inte tro på mig. Men, otåliga människa, lyssna ändå.

— Långt, långt ner i det hål som ni människor har grävt med era maskiner lurar någonting ondskefullt. Det går inte att med mänskliga ord beskriva detta, men du bör veta att om det ondskefulla kommer upp till ytan, kommer hela världen att snart stå i brand. Ni människor, vi drakar och allt annat kommer sluta existera. Inget liv kommer att finnas kvar. Ondskan lägger sig som ett mörker över allt som lever, och ingen eller inget kan undgå det. Ni startade det, ni grävde för djupt och var nära att släppa mörkret löst. Med hjälp av en modig man, som offrade sitt liv för er, stängdes ondskan in igen, och vi hjälpte honom, jag och mina systrar, med att försegla hålet. Tyvärr föll han och vi hade ingen chans att rädda honom, men han var en hjälte. Det är synd att ni människor inte hyllar honom som en, utan behandlade honom som en pajas innan han slutligen fick vila i frid.

Jag minns att jag hajade flera gånger om. Drakar? Och jag förstod vem hon berättade om, men jag hade inte tid att fullfölja tanken för hon fortsatte prata i mitt huvud.

— Jag har vakat djupt nere i det kalla berget sedan dess. Efter många, långa år somnade jag, men min blotta närvaro räckte för att hålla mörkret tillbaka. Du fann ringen, du väckte mig, och även om du inte vet om det så kallade du på mig, och jag var tvungen att lämna min plats. Nu är det ingen som vaktar mörkret och jag vet inte var mina systrar är.

Jag skakade på huvudet, först tvekande, med sedan snabbare, mer resolut. Jag tog mod till mig och svarade, även den gången kände jag mig dum som pratade ut i luften.

— Varför tar du dig inte bara tillbaka dit?

— För att jag nu är bunden till dig och jag kan inte lämna din sida. Vi har inte tid att tala om det nu. Du har mycket att lära, och snart är mörkret över oss.

Hon tvingade mig därefter att gå hem. Jag vägrade först, jag ville veta mer, men på något underligt sätt vaknade jag ändå nästa morgon och fick känslan av att allt bara hade varit en osannolik dröm. Men jag kände ringen på mitt finger, och jag kunde minnas vartenda ord hon hade sagt till mig. En drake. Det var osannolikt.

Och sedan blev det tyst som i graven igen. Hon var borta, som om hon aldrig hade funnits. Jag väntade och väntade, dagarna blev till veckor, och den underliga sommarvärmen gav sig inte. Det som var min värld, min hemstad, stod i brand, varenda skog runt omkring hade fattat eld och spred sig med ofattbar hastighet. Alla män kallades ut för att göra vad vi kunde, men det fanns inget som kunde stoppa eldens framfart. Varje natt gick jag ut och ropade efter henne, men hon svarade inte. En natt var jag till och med så desperat att jag smög mig in i gruvan, trots att det var fängelsestraff för det om man åkte fast. Jag vågade inte ta mig så långt ner längs de vindlande orterna, men jag ropade på henne. Och möttes bara av en kall och isande tystnad. Men hennes ord ekade fortfarande i mitt huvud. Hela världen kommer att stå i brand, hade hon sagt, och vad det inte precis det som höll på att ske?

Då slog det mig, det som jag inte ägnat en tanke åt efter den där första natten. Jag sprang hem från gruvan, så snabbt som benen någonsin hade burit mig, kastade mig in genom dörren och in i köket. Boken låg fortfarande kvar under kökshandduken, och jag tvekade inte ens innan jag drog undan den. I samma ögonblick slogs boken upp, och hon var tillbaka.

Hon sa att det tog för lång tid för mig att förstå och att vi snart var sent ute. Mörkret sträckte ut sina långa spretiga fingrar från gruvan, och vi hade en chans att stoppa det. Om vi misslyckades var vi dömda till döden. Hon bad mig att möta henne vid gruvans ingång, och ta med boken, sedan var hon borta ur mitt huvud igen.

Jag stod där och tvekade. På min egen sinnesnärvaro och handlingsförmåga, på vad som var sanning och vad jag faktiskt hade fantiserat ihop. Jag hade boken framför mig, och jag kände ringen på fingret. Men var tingen verkligen så magiska, eller var allt bara en föreställning i mitt huvud? Levde jag kvar i drömmen, den som fanns där när jag var liten, när jag inte hade något annat sällskap än mina egna sagor? Jag satte mig tungt ner på en av de brunlaserade pinnstolarna som stod uppställda runt bordet. Mina fingertoppar rörde vid boken och ett flyktigt minne passerade förbi. Jag såg en dammig antikbokhandel i en annan del av världen, och jag såg framför mig hur jag som nybliven vuxen gav några mynt till mannen i svart hår och svettig skjorta, för att sedan stoppa ner någonting i en sliten väska. Jag hann se en röd rubin som glimmade till innan jag stängde väskan. Jag försökte greppa hårdare om minnet, men det försvann någonstans långt bort.

Jag rörde vid ringen, och den föll av mitt finger. Med en dov duns landade den på mattan under bordet, och jag lät den ligga där. Jag befann mig i någon slags dimma och jag minns att jag inte kunde tänka klart. Jag reste mig från stolen igen och tittade ut genom kökets lilla fönster. Inget spår av skogsbränderna syntes i horisonten, och från en klar natthimmel blinkade hundratals stjärnor. Ingen rök. När jag tittade mot bordet igen såg jag en liten pappersbit halvt dold under boken. Jag drog fram den och stirrade på texten: "Är det här boken du ville ha? Jag har bråttom till jobbet, men vi hörs senare. Kram, mamma." Där och då trodde jag att jag faktiskt hade blivit galen på riktigt. Jag släppte lappen, som långsamt singlade ner på golvet, släckte lampan i köket, la mig i sängen och drog den tunna filten över huvudet.

Jag gick aldrig till gruvan och boken öppnades inte igen på många år. Världen fanns kvar, dag efter dag, år efter år, och inget mörker slukade oss. Jag försökte att inte tänka på vad jag trodde att jag hade upplevt, så fort tankarna kom så blundade jag för dem, känslan och vetskapen om vad som hade skett var så starka så jag visste inte hur jag skulle hantera det. Skogen runt staden vittnade om att det bara var fantasier, men jag kunde inte förstå det.

Åren gick och till slut var minnena bara som en udda dröm, något jag lika väl kunde ha inbillat mig. Någonstans på vägen bildade jag mig en egen liten familj. Barnen växte upp, och den dagen min son skulle flytta hemifrån fann han den röda, dammiga gamla boken i en av flyttkartongerna som stått undangömda på vinden så länge. I samma ögonblick som han öppnade den och ringen föll ner på golvet kunde jag åter känna röklukten sticka i halsen. Någonting mer rörde sig i bakhuvudet, men jag tryckte undan vad det nu var, om det var ett minne, eller något annat mycket större och farligare, tiden fick utvisa om det var jag eller världen som skulle gå under av galenskapen.

Isabell av Eva Ersbacken

Hon tittar ut, kvällssolen sveper mjukt över ängen upp mot skogen. Stödd mot fönstret smuttar hon på en kopp hett kaffe. Nu kommer allt plötsligt tillbaka. Som om det stod helt klart för henne. Hon värjer sig.

Det börjar regna.

Hon tar några steg i det gamla lantköket. Vet inte hur hon ska hantera det som väller över henne. Trampar runt. Ser disken som hopat sig, ser sina kläder som ligger slängda över stolar och kökssoffa. Uppslagna tidningar och böcker över bordet. Urdruckna glas och kaffekoppar lite överallt.

Innan allt hände, innan det började bli så svårt. Då tyckte hon att hon hade det bra. De hade det bra, hon och Mathias. Hon mådde gott som vilken tjej som helst. Hon hade fått ett jobb med helt ok lön. Hade sina gamla vänner sedan gymnasiet som hon brukade träffa och fika med ibland. De brukade också göra saker tillsammans, både gå långa promenader eller gå på bio och ibland på någon konsert. Men sedan när han förändrades. Ja, då stannade hon mest hemma.

Hon står plötsligt inte ut att se sin röra. Hon har bara varit här ett par dagar i det lånade torpet och ändå lyckats stöka till det. Drar på sig den gula regnjackan och de lite för stora röda gummistövlarna som hon hittat i en skrubb.

Ute strilar regnet nu. Hon går i det höga gräset över ängen, men lägger inte märke till alla olika sorters blommor som hon brukar. Det känns som om huvudet håller på att sprängas. Hennes kliv blir större när hon går vidare in på stigen som leder in i den täta skogen. Hon känner hur andningen blir häftigare, men fortsätter med stora steg. Regnet tar i, det börjar sippra ner i nacken men hon gör inget åt det utan går bara vidare.

Efter några kilometer känner hon att hon skulle behöva sätta sig ned och tänka. Försöka se vad som egentligen hände den där dagen. Och det trycker på inom henne att hon borde kontakta Mathias. Hon har inte ens orkat försöka och han har inte heller hört av sig.

Regnet börjar avta när hon går uppför ett årsgammalt hygge. Hon sätter sig på en rund hög sten. Trygg. Den känns trygg tänker hon.

Det har gått ett år sedan den ödesdigra kvällen när hon fick nog i deras lägenhet och först nu kommer allt ikapp henne.

— Jag har kämpat, verkligen kämpat för att komma tillbaka till någon slags vardag och jag har ju klarat av att jobba hela tiden, tänker hon högt för sig själv.

Tårarna strömmar, hon drar med den våta jackärmen över kinderna. Varför kommer allt forsande över mig nu?

Sakta kommer insikten om hur hon tidigt lagt upp en strategi för att stå ut med hans cynism och sarkasmer mot henne. Hon hade tränat på att glömma; att inte minnas hans attityd och ord som sårade henne mer och mer på djupet.

Hon stirrar ut över det fula hygget med omkullvräkta stenbumlingar, sly och grenar om vartannat över djupa fåror efter skogsmaskiner. Längre bort ser hon ett ensamt rådjur som försiktigt försöker ta sig fram i den omöjliga terrängen.

Efter ett långt tag hasar hon sig ner, hon har ingen koll på hur länge hon suttit på stenen. Tänker att hon måste göra något. Hon får börja med att prata med Katrin, det är ju hon som funnits för henne den här svåra och konstiga tiden. Det är henne som hon lånat torpet av. Stegen tillbaka känns trots allt något lättare. På håll hör hon en gök. Öster, tänker hon. Östergök tröstergök.

Åter i stugan försöker hon ringa Katrin, men kommer genast på att det saknas täckning där. Hon drar på sig de röda gummistövlarna igen och går en liten bit bort efter vägen. Vid den stora tallen ska det gå att få kontakt med yttervärlden hade Katrin sagt.

Katrin får fråga om flera gånger, hon kan inte höra vad Isabell säger för gråten är nu så kompakt hos henne.

— Jag måste… Jag måste… får Isabell fram.

— Vad är det du måste?! Katrin blir ängslig.

— Jag måste ha tag på honom.

— Vem? Vem är det du måste ha tag på? Vad är det som har hänt? Katrin blir först orolig för att något gått sönder i torpet eller om vännen har skadat sig. Men så inser hon, det är klart att det är Mathias som Isabell vill ha tag på.-Varför? Men, har du inte lämnat det där bakom dig?

Isabell lutar sig mot den gamla tallens grova stam. Känner dess behagliga doft. Försöker hämta andan, tittar upp mot den väldiga kronan.

— Men det är så mycket jag hoppat över. Både med honom och mig själv. Jag flydde ju från allt. Allt!

— Ja… Isabell märker hur vännen tystnar. Hon har kunnat prata så bra med Katrin, hon har verkligen lyssnat under alla deras promenader och fika-stunder. Hon har orkat höra på när Isabell berättat om Mathias och allt han vräkt ur sig mot henne. Men nu kanske det är för mycket för Katrin. Smärtsamt förstår hon att nästa steg får hon klara ut på egen hand.

Efter att hon ätit lite rester röjer hon upp i köket. Öppnar de båda fönstren på vid gavel, låter den friska luften efter regnet fylla det lilla torpet. När hon packat in i bilen och precis ska köra i väg får hon se ännu ett ensamt rådjur, nu mumsande av det fräscha gräset ute på ängen. De är strävsamma, tänker hon.

Hemma i lägenheten släpper hon ned sin packning i sovrummet. Det var tack vare Katrin som hon fick någonstans att bo efter uppbrottet.

Hon har plockat ur diskmaskinen och ställt allt på sin plats. Torkat av bordet. Rättat till gardinerna, vattnat blommorna. – Nu kan du inte hitta på fler undanmanövrar, ta tag i det här nu, säger hon till sig själv. Efter en vända till i lägenheten sätter hon sig vid köksbordet och försöker samla sig så gott det går.

På hitta.se ser hon hans nummer. Det var längesedan hon raderade det i sin mobil.

Hon räknar signalerna. Hinner precis undra om han fortfarande har hennes nummer sparat när han svarar: - Ja?

Hon sitter på tunnelbanan som närmar sig Hornstull. Möjligheten att hoppa av vid någon annan station känns mycket lockande. Under veckan som gått sedan hon ringde har händelserna från det sista dygnet de var sambos snurrat genom henne åtskilliga gånger; allt han vräkte ur sig som han bara snuddat vid innan. Han lyckades verkligen få henne att känna sig totalt värdelös. Alla dessa dräpande haranger. Han verkade hata allt hon gjorde, allt hon sa, hur hon såg ut och allt hon inte gjorde... Varför hade han inte bara gått. Han hade kunnat smälla igen dörren och bara dragit.

Han smällde igen dörren när han gick den kvällen, men han kom tillbaka. Hon vill helst inte tänka på vad hon gjorde under tiden han var ute.

Vrålet som växte i henne, skriket som aldrig ville ta slut. Sakerna som hon slängt omkring sig på golvet, mot väggarna, i vardagsrummet, i sovrummet. I köket rev hon ut allt; porslin, glas, mjöl. I badrummet... Där tar det stopp, hon klarar inte av att tänka på det, på allt hon gjorde den kvällen.

Sedan när han kom hem. Rejält full. Hon hörde när han ramlade in i hallen. Hon satt på golvet med händerna om huvudet och lutade sig mot den omkullvälta sängen. Rörde sig inte. Kände vibbarna när han stod i sovrumsdörren. Hörde hans sluddrande:

— Va fan?! Sen: - Åt helvete! Hon hörde dörren slå igen. Sedan tystnad.

Hon somnade på den mjuka mattan. När hon vaknade öm i kroppen framåt småtimmarna letade hon rätt på sin handväska och tog på sig ett par skor och lämnade lägenheten.

Planlöst rörde hon sig över stan. Gator hon aldrig gått, torg hon aldrig sett. Träd blommade då som nu. Regnet som strilade. Dofterna, vårens dofter, då. Nu.

Hon närmar sig caféet i parken. Ser honom där han sitter ensam vid ett bord för fyra. Han har en kaffekopp framför sig. Han ser ut ungefär som vanligt, som förr, fast lite osäker.

Hon går fram till den lilla disken och köper en kopp kaffe och en kanelbulle. När hon närmar sig hans bord får han syn på henne.

— Jahaja. Där är du. Slå dig ned vetja, säger han. Han har funderat nästan konstant sedan hon ringde förra veckan, vad det är han vill säga till henne och hur han ska börja. Nu tycker han att det blev lite väl klämkäckt. Men nu är de i gång i alla fall.

— Hej, säger hon medan hon drar ut den vitmålade trästolen mittemot honom och sätter sig. Känner att hon behöver värmen från koppen, trots den ljumma försommarluften, så hon sluter händerna runt den och försöker möta hans blick. Men han tittar ner i bordet nu. Ingen av dem säger något.

— Hur har du det? säger hon efter en stund. Det tycker hon är en rimlig fråga, trots allt. Hon har ju faktiskt undrat det när hon har tänkt på honom.

— Jo tack, skapligt. Jag har väl vant mig nu. Men du då? Du flippade ju verkligen ut. Han hade inte tänkt säga det så, men det får vara ok. Han måste bara få till det han egentligen vill säga henne.

— Jo. Ja, det kan man nog säga, mumlar hon.

— Men varför så totalt flippad? Det var ett helvete att ta rätt på allt. Han söker hennes blick, men nu är det hon som fladdrar med blicken. Hon skäms över sitt totala frispel. Känner hur rodnaden stiger i sitt ansikte. Fram till nu har hon bara känt ilska när hon snuddat vid minnet av den där kvällen. Nu tar skammen ett fast grepp om henne, axlarna blir stumma och spända. Det trycker över bröstet. Hon vill inte möta hans blick. Tittar ner i grässlänten på en liten and som stultar omkring. Varför? Varför ordnade jag det här mötet, hinner hon tänka, när hon blir avbruten av Mathias:

— Men jag förstår varför. Alltså, varför du flippade ut. Jag var en skit! Jag betedde mig jävligt dåligt då, den sista tiden, innan du drog. Pust, nu var det sagt i alla fall, tänker han.

Det tystnar inom henne.

— Jag skulle…, börjar hon, men blir avbruten igen.

— Jag har tänkt jättemycket på hur det var på slutet. Jag betedde mig skitdåligt mot dig. Jag har känt mig skitdum. Jag skäms faktiskt. Det där hade han inte riktigt tänkt säga, men han känner att det ändå är sant. Han har skämts när han har tänkt på hur de hade det.

Va! Vad är det han säger? Hon tror inte sina öron. Det hade hon verkligen inte kunnat ana; att han skulle be om ursäkt. Nu vet hon inte alls vad hon ska säga.

— Jag är faktiskt glad att du ringde, säger han. Kan du förlåta mig?

Hon tar ett bett på bullen och en mun av det kallnade kaffet. Ser att den lilla anden har stultat ner till sin flock i vattenbrynet. Jag måste ju svara honom på något schysst sätt, nu när han varit så ärlig, tänker hon. Men hur? Och det är ju så mycket mer vi skulle behöva prata om egentligen.

— Ja, säger hon. Men tänker efter lite till. - Jo, jag förlåter dig, men det vore fint om vi kan ses igen och prata. Eller har du bråttom hem nu? Kan vi gå en sväng? Det är ju så skönt väder.

— Ja, vi kan gå en sväng, svarar Mathias.

De reser sig och går mot utgången.

Utbytesstudenten av Erika Strömberg

Hon såg sig omkring på stationen för att hitta skyltarna till bussarna. Hon hade kommit till stan med flyg redan dagen innan för att sedan kunna ha hela dagen på sig att åka fram och tillbaka till andra sidan ön med buss. Skyltarna till bussarna var tydligt markerade och det gick lätt att hitta rätt.

Kön till bussen ringlade sig prydligt genom vänthallen. Hon hade sett fram emot den här bussresan länge och nu stod hon här. Nervös, upprymd, glad och ledsen på samma gång. Snart var det hennes tur att kliva på den stora vita långfärdsbussen. I sin vänstra hand höll hon i en gul bussbiljett. Tur och retur. Bara över dagen. Hon hade önskat att det bara var en turbiljett. Att han skulle be henne stanna kvar ute vid västkusten och leva tillsammans med honom för tid och evighet. Nu stod det retur på den också och hon visste att han aldrig skulle be henne stanna kvar hos honom. Dörren från vänthallen ut till bussen närmade sig och utan att hon hann märka det befann hon sig plötsligt ombord på bussen. Det luktade kaffe och ostfralla, salt- och vinägerchips. En svag doft av urin kunde anas någonstans ifrån, men det kanske kom utifrån. Det var svårt att hitta en plats, men efter att ha spänt ögonen i en ung kille med alldeles för stora grå hörlurar fick hon en plats där hans urblekta röda, pösiga väska tidigare väldigt tydligt hade markerat att sätet var upptaget.

Bussen rullade sakta ut från terminalen, korsade de tomma spårvägarna och fortsatte sedan över floden som rann genom staden. Ett par kvarter bort befann de sig redan inne i ett radhusområde där alla dörrar var omsorgsfullt målade i en högblank röd färg. De utgjorde en fin kontrast mot den gråmulna himlen och de grå betonghusen. Här och där blommade ett körsbärsträd och påskliljorna bredde ut sig längs vägkanten. Vägen blev lite bredare, husen färre och påskliljorna fler. Bussen hade kommit utanför staden och fälten på landet bredde ut sig. Landskapet var hjärtskärande vackert. Hon hade aldrig tidigare sett gräset så grönt, fåren så vita, hästarna så svarta eller de små skogsdungarna så frodiga. Tiden gick alldeles för sakta och hon trodde aldrig bussen skulle komma fram.

En timme försenade kunde de första radhusen i grå sten med svarta tak i staden skymtas över fälten. Hon var så nervös att kallsvetten bröt fram i handflatorna. Hon hade inget nummer till honom, bara en mailadress vilken de hade konverserat genom för att bestämma tid och plats. Det borde finnas en TV-skärm där det stod att de var sena. Eller? Det tog ytterligare en halvtimme att ta sig genom staden och fram till buss- och tågstationen. Hon klev av bussen och gick runt inne i vänthallen en stund innan hon gick ut på stentrappan som ledde ner till taxibilarnas hållplats.

Ingen där. Vart var han? Hon tittade överallt, men såg honom ingenstans. Tänk om han hade lurat henne, eller ångrat sig? Han fanns inte utanför stationen och han satt heller inte inne på stationens café där de hade bestämt träff. Hennes nervositet började övergå i ilska och klackarna på hennes höga ljusbruna skinnstövlar smattrade bestämt mot asfalten medan hon med bestämda steg gick runt området två varv till. Ingen där. Det var fem timmar kvar tills bussen gick hem igen.

När han såg henne kliva av bussen kändes det som att alla månader sedan de senast träffades försvann. Hon var fortfarande lika vacker. Hon var till och med ännu vackrare än han mindes. Hennes hår lyste så blankt och rödbrunt i solstrålarna som stundtals silade ner genom de blytunga molnen. Han drack upp sitt kaffe och skyndade sig ut för att hinna ikapp henne redan på andra sidan gatan innan hon hann gå sin väg. Så dum han var. Hon skulle inte gå någonstans. Hon hade kommit hit för att träffa honom. Plötsligt blev han rädd och visste inte längre om han vågade möta henne utanför caféet. I stället för att gå mot henne, gick han bort mot tågens perronger och satte sig på en bänk långt bort. Han hade hjärtklappning och satt en lång stund på den hårda bänken för att lugna ner sig. Efter en stund och utan att han egentligen själv bestämde var han åter på väg in mot busshallen.

Han fick syn på henne ute vid bussarna och gick sakta mot flickan han tidigare hade känt så väl. Hon såg arg ut och han undrade om han kände henne längre. Han kunde inte minnas att hon någonsin varit arg.

— Hej Linnea! Minns du mig? Frågade han försiktigt.

Hon vände sig hastigt om och hennes rödbruna hår ramade vackert in hennes ansikte när det åter föll på plats. Ett leende sprack upp i hela hennes ansikte och med sin väska ståendes på golvet omfamnade varandra som om de fortfarande vore ett par.

— Vad fin du är! Du är mycket vackrare an vad jag minns dig!

— Tack detsamma snygging, svarade hon självsäkert.

— Låt mig ta din väska.

Han skrattade till:

— Ska du vara här en hel vecka eller?

Hon fick inte fram ett ord utan stod där stum och log. Hon kände sig fånig, men om hon öppnade munnen skulle hela ansiktet förvridas från ett fånigt leende till en grimas och hon skulle gråta okontrollerat. Gråta av lycka att äntligen få se honom igen och över att all nervositet släppte. Det här var precis vad hon hade drömt om. Att han skulle tala om för henne att hon såg bra ut. Det var hans sätt att uttrycka att hon hade varit saknad.

Han sträckte ut armen mot henne och smekte henne lätt över ryggen med den lediga handen.

— Jaha... sa han fundersamt. Ska vi stanna på caféet här eller vill du se staden? Det är egentligen inte så mycket till stad förutom alla pubar då som är ganska trevliga.

Hon ville inget hellre än strosa på gatorna genom staden som var hans. Gå där tätt omslingrade för en stund och låtsas. Att de fortfarande var ett par.

Stadskärnan var inte så stor och de små gatorna slingrade sig fram mellan de gamla grå stenhusen. Han ledde henne medvetet ner mot stranden. Molnen hängde tunga från himlen och den stålgrå färgen fick dem att på ett dramatiskt och vackert sätt flyta ihop med havet och de vita vågorna. Som att det inte fanns någon gräns mellan himmel och hav. De vandrade vidare bort mot ett par svarta klippor där det var lä. Han plockade upp en liten vit snäcka och gav den till henne.

— Åh, tack! Vilken fin liten snäcka, sa hon och log mot honom samtidigt som hon med fingertopparna kände den lena skålen som utgjorde snäckans insida och den räfflade och aningen skrovliga sidan som var snäckans skydd mot omvärlden. Några små sandkorn fastnade under hennes naglar och skavde lite.

— Jag vill att du ska minnas mig sa han och såg henne djupt in i hennes gröna ögon. Tänk på mig varje gång du håller den i handen.

— John… Jag kommer aldrig att glömma dig.

Hon mötte hans blick en kort sekund innan hans blå ögon blev för intensiva och hon fick lov att vända blicken ut över havet.

— Lovar du det?

Ett uns av oro kunde anas i hans röst.

— Ja, men jag har ingenting du kan få som minne. Det blir ju fånigt om du får en annan snäcka tillbaka av mig. Det är ju din strand. Men om du inte får något som minne av mig så kanske det är du som i stället glömmer mig?

— Det kommer inte att hända! Det lovar jag.

Han skrattade till igen. Han skulle aldrig glömma henne.

De satt på stranden en stund, kallpratade om när de hade studerat tillsammans, skräpet på stranden och att regnet nog snart var på väg in över land från Atlanten. Han tystnade för en kort stund, blickade långt ut över havet och började så att prata igen med blicken kvar mot horisonten.

— Du förstår jag skulle vilja att du stannade ett par dagar, men jag har träffat någon här…

Det stack till i hennes bröst. Klart att han träffade andra flickor. Hon träffade andra killar. Men det var en annan sak. Hon var beredd på att ge upp allt. Hon skulle kunna flytta till honom redan idag om han bara hade frågat henne. Han frågade inte, han hade redan en annan. I stället för att visa sin besvikelse fnittrade hon till.

— Åh vad roligt för sin skull!

Han tog ett djupt andetag och såg lättad ut. Hon såg på honom och fortsatte sedan glatt;

— Jag var nästan lite orolig att du skulle se mig som ej ersättningsbar, sa hon och gav honom en lätt knuff i sidan. Jag har också träffat någon, som jag hela tiden jämför med dig. Vad heter hon? Eller ja, jag antar att det är en hon.

Hon sträckte ut handen och kände på hans kortklippta nästan svarta hår. Det var sammetslent och hon mindes hur hon hade älskat att ta på hans hår. Hon såg på honom och möttes av hans himmelsblå ögon. De var så vackra. Han var så vacker. Det gjorde ont i henne.

Det är inte alltid sant att tiden läker alla sår. Det finns sår man inte vill ska läka. Minnena av någonting verkligt bra, någonting verkligt äkta, som hon inte trodde sig någonsin hitta igen.

Hon talade om att hon var tvungen att gå för att hinna med bussen tillbaka.

— Följer du med till caféet så kan vi dricka te innan jag åker, undrade hon. Jag är jättehungrig efter att ha varit på stranden.

Han såg ner på sina slitna, tidigare vita Nike sneakers – nu grå och med sandiga skosnören och tvekade lite. Han hade tagit henne till stranden för att inte folk skulle se dem tillsammans i stan och undra vem han var ute med.

— Det är klart att jag följer med. Om jag får? Sa han och försökte låta självsäker.

De fortsatte att kallprata om te, lägenheten han hade bott i när han studerade i hennes hemstad, hur han och de tre andra utbytesstudenterna flyttade ut ur lägenheten utan att städa och att bostadsbolaget hade skickat en dyr räkning till dem efteråt. De skrattade åt minnet när han hamnade i slagsmål på ett disco och hur en kopp te hade fått honom att lugna nerverna efteråt.

Han kramade om henne länge och hon kramade hårt och innerligt tillbaka. Han kramade om henne igen och drog in doften från hennes hår. Det doftade Linnea. En blandning av hud och blommigt balsam.

— Åh, jag måste få krama om dig igen så det blir ordentligt. Jag vet ju inte när jag får träffa dig nästa gång, försökte han skoja bort. Allt för att få ha henne nära, bara lite till och känna hennes doft, hennes nätta kropp, bara lite till.

— Snart hoppas jag, svarade hon och fick inte fram mycket mer till ord. Klumpen i halsen var stor som ett äpple och all koncentration gick åt för att inte bryta ihop. Men visste att det inte var sant. Han hade träffat någon annan och bad henne inte att stanna kvar och i fickan låg den gula returbiljetten.

Hon vinkade från bussen och när hon åkte gav hon honom det där leendet som hon alltid gav honom när de hade varit ett par. Hon såg hans långa vältränade kropp, jeansen som satt perfekt, hans underbara hår och den blå tröjan som reflekterades i hans himmelsblå ögon. Hon saknade honom redan så det skar i hjärtat. När han försvann ur sikte trillade varma tårar ner för hennes kalla kinder. Hon visste att de aldrig mer skulle ses. I handen höll hon snäckan hon hade fått och kvar i näsan dröjde sig hans doft. En doft av John. Hud och ett stråk av Hugo Boss. Om en stund skulle bara snäckan vara kvar.

Det är inte alltid sant att tiden läker alla sår. Det finns sår man inte vill ska läka. Minnena av någonting verkligt bra, någonting verkligt äkta, som han inte trodde sig någonsin hitta igen.

Sommarsjö av Ninni Bäfver

Min bror är så liten trots att jag är yngre. De klippte hans tungband som var för kort och han skrek och skrek så mycket, och jag trodde att de hade klippt av honom tungan. Jag sitter i ett vitt tomrum i bilbarnstolen och han bara springer runt mig och skriker. Han kommer inte kunna äta mammas nybakta bröd är det enda jag kan tänka på. Det kommer bara smaka blod. Jag tycker synd om honom och vill bara fånga in honom i min famn, men jag kan inte röra mig.

Svettig vaknar hon upp från drömmen. Hennes lakan är fuktiga och kalla, och de klibbar mot hennes hud. Det var länge sedan hon drömde om honom. Hon vet att den inte är sann, såklart är den inte det, men den ger sådant obehag. Hon stapplar in i köket och spolar vatten i kranen tills det blir isande kallt. Det är glupska klunkar hon dricker och hjärnan vaknar till liv. Sovtröjan är pissblöt den med, och hon river den av sig utan att bry sig om ifall grannarna ser. Det är ändå ingen som är vaken, och är de det så får de glo. Hon är inget att titta på ändå.

Nyduschad och iförd torra och varma kläder ställer hon sig i hallen. Hon stirrar först bara på skorna ett tag innan hon får på sig dem och lämnar lägenheten med bilnycklarna i handen. Det är verkligen mörkt ute, men ännu är sommarkvällarna relativt korta. Hon ger sig ut någonstans mellan skymning och gryning. Bilen ger ifrån sig ljud som hon vanligtvis inte tänker på, men som låter högt i natten. Hon varvar motorn när hon kör ut på den lite större vägen och trots att hon vet att det inte är någon annan som är ute och kör saktar hon ändå in vid rondellen och tittar noggrant innan hon kör vidare. Gasa ut ur kurvan. Hon tröttnar aldrig på utsikten som uppenbarar sig när man kör ner för berget. Hela staden ligger framför henne och hon blir lugn i kroppen. Hon ser kyrkan, Jungfruberget och tillslut också Västra skolan bakom de gröna lövkronorna. Men det är inte staden hon är ute efter ikväll. Hon väljer vägen längs Tisken och sen Runn. Hon har inte bråttom i natt. Vattnet gör henne lugn när hon kör. Hon minns några av de hus som hennes mamma berättat om där hon växte upp, cyklade till vänner, och fabriken som morfar var direktör på. Alltid när hon kör genom Hosjö kommer hon också att tänka på den där killen hon sovit hos. Det är som att det inte går att inte tänka på honom. Hon ler åt minnet och känner sig underligt nostalgisk. Det var ingen stor kärlek direkt, men något var det med honom som dröjt sig kvar i henne.

Så många mil i livet hon suttit som passagerare, men nu kör hon själv. Alltid själv. Hon känner tryggheten när hon sitter bakom ratten och ser världen utanför passera. Hon är på väg mot resten av sitt liv, och nu är det hon som kör. Hon kan inte förstå varför hon väntade så länge med att skaffa körkort, att hon så länge satt bredvid och lät sig köras. Hon var en Passenger Princess långt innan begreppet blev viralt. Valde musik, satt med fötterna på instrumentbrädan, åt snacks och gav direktiv till föraren på olika påhittiga vis. Hon svänger av mot byn och hon anar en skiftning i ljuset. Hon bestämmer hastigheten nu och det är hon glad över. Hon hade inte kunnat föreställa sig att det skulle ta tid att vänja sig vid att fatta egna beslut när hon blev själv. Att det inte bara skulle kännas som en välsignelse att helt få bestämma var, när och hur. Det tog tid. Så många som velat väl och givit råd, men det resulterade bara i att hon blev så satans förvirrad över vad hon själv ville. Hon trummar med fingrarna på ratten och bannar sig själv över att hon lät det bli så viktigt för henne att alla, precis alla, skulle vara med på hennes beslut. Det var viktigt för henne att bli förstådd, att involvera så många i alla beslut att hennes eget tyckande hamnade i skymundan. Nu är det slut på det. Det hon verkligen vet är att hon på riktigt inte gillar att köra fort, hon får panikkänslor när hastighetsmätaren går över 120. Länge jobbade hon aktivt med att försöka KBT:a sig själv till att palla med höga hastigheter innan hon insåg att hon får köra som hon själv vill. Nu ligger hon i 80. Det är över hastighetsbegränsningarna visserligen, men inte mycket. Kontrollen finns där och körningen blir till njutning. Hon åker längs vattnet nu igen och snart är hon framme vid stoppskylten vid bron där hon ska ta höger.

Solen är på väg upp nu, och den svarta natten byts mot gryningsljus. Det är så hon vill ha det. Det är mitten på augusti och det är vackert så det nästan gör ont i henne. Hon vet vad hon mår bra av och hon vill ge sig själv allt detta nu. Hon behöver omslutas av välbehag och omtanke. Länge trodde hon att hon måste få detta av andra, och sökte det också. Nu vet hon bättre. När hon kommer över krönet vid Bengtsheden och ser åkrarna, skogen och vindkraftverken blir hon glad. Det är något med närheten till hembygden som gör henne lugn. När hon var ung så kliade det i kroppen och hon ville iväg för att leva, uppleva äventyr och se världen, och det var helt omöjligt ur hennes yngre perspektiv att få dessa behov tillfredsställda i hembyn. Städerna lockade och hon är glad att hon vågade ge sig iväg. En tanke slår henne om det är därför hon är så trygg i sin hembygd nu, för att hon en gång vågade lämna den? Trots att städerna och livet där stundtals var hårt och behandlade henne illa, är hon ändå glad att hon vågat så mycket. Vågat är ett bra ord även om hon för stunden inte kände sig särskilt modig. Bandet hon gick med i som fick några spelningar i Tyskland, alla män hon varit med, utställningarna på Hornsgatan och alla de vänner hon samlat på sig genom åren. Flera av dem har kommit och hälsat på henne genom åren, och hon förstår att Sverige kanske inte är den destination man i första hand väljer, så hon begriper att hon har en dragningskraft. De har kommit för att träffa henne, hon har berört dem på något vis. Ändå har hon svårt att tänka så om sig själv.

Hon är på väg till resten av sitt liv, och det är hon som har kontrollen. Hon sneglar ner på passagerarsätet som är belamrat med CD-skivor. Det är ett utdaterat system sedan länge, hon är medveten om det, men det är något med skivorna som ger henne trygghet. Artisterna som fått vara kvar, de som klarat alla dessa år, alla flyttar och i och med dem alla gallringar. Hon kan dem utan och innan, ordningen, när ett spår går över till ett annat och framförallt vet hon numera också i muskelminnet hur många gånger hon ska trycka på skip för att komma fram till sina favoritlåtar. Stina Nordenstams Little Star är nummer sex och den spelas nu. Hon känner varenda ton i kroppen när hon äntligen åker in i Svärdsjö. Det är inte långt kvar nu, hon vet att hon är ute efter badplatsen vid kyrkan där hon får vara ifred. Hon störs i allt detta lugna av tankar på drömmen som väckte henne. Hon har många minnen från sin bror, men det är den där drömmen som återkommer natt efter natt. Det är som om den puttar ut de fina minnena av honom, de få födelsedagar hon minns att han var med på, hur han lärde henne sparka bredsida istället för tåfjutt, spelkvällarna, filmkvällarna, musikkvällarna och alla resor de gjorde som familj. De falnar. Kvar är den där ledsna pojken som bara skrikgråter och aldrig hann få vara modig.

Ibland är det läskigt hur allt tajmar. Hon svänger in vid kyrkogården och parkerar bilen nära skogsdungen precis när Stina sjunger "for you, little star…" och musiken ebbar ut. För mig. Det är inte en lång väg hon går. Hon lämnar bilen olåst och med nyckeln i. Är det inte så man gör? Nu är det bara hon och fåglarna och det där speciella ljuset när dagen gryr. Hon är i kontroll hela tiden. Hon har varit på väg mot resten av sitt liv så länge nu. Kläderna viker hon omsorgsfullt och lägger på hög på bryggan, med skorna högst upp. Hon vadar ut i sjön och välkomnar det kalla vattnet. Den dyiga och äckliga botten undviker hon vant. Nu kan hon kasta sig ut i ett simtag, och det går inte att hålla tillbaka luften som stöter ut ur henne när hela hon hamnar under vatten. Det är kallt, men det tar bara några sekunder innan kroppen vant sig. Det är precis det här hon vill ge sig själv; känslan av att vara naken i en sommarsjö. Vila nu.

Början till något annat av Joni Stam

Det här var början, början till något annat. Det var stilla; ett lugn, en tystnad; bara bilen som fortsatte att "väsnas". Den var döende, svårt skadad efter bilolyckan. Kanske inte en olycka egentligen, något annat. Solen lyste, det var söndag och ingenstans fanns någon att se det som hänt. Inga bilar som stannat, inga åskådare som häpet stirrade. Inga hus i närheten, men i många hus där borta, bortom denna plats, fanns familjer som gjorde sig i ordning för att ta sig en söndagspromenad… med eller utan hund, ensam eller tillsammans, lyckliga eller olyckliga. På bordet står koppar, mjölken och flugorna. Och sockret. Det doftade nybryggt kaffe i vissa kök medan i andra så spreds en sötaktig doft av te och rostbröd. Det nyskurna brödet ligger på det blåa fatet men köket var tomt; ingen var där, precis som ingen fanns här utom jag som var döende och min syster bredvid, på passagerarsidan. I husen fanns män som lät bli att raka sig, kvinnor som gnolade medan de gick i sina morgontofflor, drack sitt morgonkaffe, eller sitt te med en skvätt honung i. Barn som leker, barn som sover, barn som gråter över att de inte får titta på tv. Ingen… ingen visste att jag kört av vägen och kraschat in i ett träd. Bilen hostade till några gånger till för att därefter tystna. Den var död.

Min syster bor med mig, hon sover i min säng, hon sitter i min soffa, hon äter av min mat, hon är min syster: bara min och hon sitter bredvid mig så jag är inte ensam, jag kommer inte att dö ensam vilken var en stor tröst och jag var inte rädd. Livet kan förändras på ett ögonblick, och specifika ögonblick kan leda till stora förändringar och det finns ingen väg tillbaka för det här var den här vägens ände och slut.

Jag visste att jag skulle dö, fast besluten att dö och hade förberett mig, kanske onödigt länge för ett liv är långt och alla de tankar som ryms i ett liv är så ofantligt mycket. Varje individ ställs ensam inför livet och ska hantera det på bästa möjliga vis. Det känns samtidigt obegripligt, ofattbart att jag nu sitter här, i bilen, och förblöder. Smärtan är relativt påtaglig och trodde att den skulle grusa mitt förnuft och framför allt mitt tänkande, men det fortsätter, det bara fortsätter. Tankarna maler på. Förstår nu hur patienter med kronisk smärta hanterar smärta för all smärta är i huvudet och det som sker i huvudet kan du delvis styra. Också nu styr jag bort tankarna från de skador jag fått, till att handla om något annat än själva "olyckan", mina tankar är inte min kropp och det är just min kropp som i denna stund är skadad, bortom räddning för det åker inte bilar här så ofta och desto mer tiden går desto mindre chans finns det att jag överlever.

Min syster sitter bredvid mig, ser på mig utan att tycka synd om mig, för jag själv har tyckt synd om mig själv tillräckligt länge, så länge, självömkan har på så vis blivit del av min personlighet; ett karaktärsdrag som min syster alltid tyckt var irriterande och beklämmande. Hon kunde till och med yttra att hon skämdes för mig och därför inte ville gå med mig på olika tillställningar, så vi stannade hemma för det mesta. Hon hade suttit på passagerarsidan så länge jag kan minnas. Och min syster, vet att hon inte funnits där för någon annans skull än, för min skull, och hon har varit min tröst, min flyktväg och räddning ur alla de situationer som annars skulle ha varit ohållbara. Utan min syster hade jag faktiskt inte överlevt, men det ironiska är att jag inte heller hade befunnit mig i denna situation utan henne. Det är lätt att lägga en del av min irrationalitet, dumhet… rent ut sagt: idioti på henne och det gör jag egentligen bara av gammal vana, för också det gör livet lättare att bära: att ha någon att lägga skulden på.

— Det är möjligt, säger min syster plötsligt efter att bilen tystnat, att du nu kommer att dö.

— Hur kommer det sig att du aldrig haft andra vänner och alltid valt att vara tillsammans med mig?

— Varför undrar du? Fråga mig något annat, något viktigt.

— Jag vet inte vad jag ska fråga.

Så vi valde att fortsätta vara tysta.

På somrarna åkte vi alltid ner till havet, hela familjen, till och med min syster var med när jag blivit äldre. Och varje gång återvände vi hem utan far, för han och mor hade bråkat. Jag och min syster skämdes över deras bråk, deras utspel och drama på bensinmackar, restauranger, på museer och alla andra platser som de fann vara en bra plats för att lösa de olösliga problemen som ständigt kantade deras relation.

Somrarna var längre när jag var yngre, de kändes till och med olidligt långa och huset där vid bodde blev allt mindre, men jag och min syster hittade på lekar så att sommaren till slut, tog slut, men då väntade skolan som inte var mycket bättre. Trivdes inte där och min syster fick inte komma med vilket var en stor sorg för mig och aldrig kände jag mig så ensam som i skolan, utan henne.

Är tacksam över att min syster kom med denna gång för egentligen fanns det en dold avsikt; ville på det här sättet ta farväl. Undrar hur länge till jag skulle leva, tiden kändes som om den sträcktes ut för att bli längre så att jag skulle hinna göra avbön, eller formulera någon sorts ursäkt eller kanske till och med förklaring till varför det blev som det blev. För det som driver många, också mig, är längtan efter att förstå. Också nu söker jag förståelse och kanske skulle situationen kräva någon form av bekännelse för att blidka straffet som redan utdelats.

Döden är det strängaste straffet… eller är det? Är inte döden en typ av deus ex machina som "plockar" bort mig eftersom slutet inte kan följa någon som helst logik och alla röda trådar ligger kors och tvärs, fyllt med knutar och trassel och allt är allmänt kaotisk och osammanhängande. Minnena blandas samman och denna osaliga potpurri vars doft lägger sig som en döljande rök över alla goda minnen påverkar mitt förnuft, eller så var det blodförlusten som fick mig att bli allt mer yr och svag. För det finns också goda minnen, speciellt de jag hade med min syster, hur vi lekte från morgon till kväll och lyckades slippa våra föräldrars ständiga konflikt som egentligen pågick så länge som jag bodde hemma. Efter att jag flyttat hemifrån verkade stormen ha lagt sig och de levde ett stillsamt liv tills far blev sjuk. Därefter blev mor ensam och då lärde vi känna varandra.

Min syster kommer nog inte sakna mig, nu när jag dör men jag kommer att sakna henne. Precis som jag saknar Elin som jag läste svenska med på Komvux. Det gick inte en dag då jag inte tänkte på henne. Tärningarna som hängde i backspegeln var en julklapp från henne. Hade till och med sparat julkortet där det stod: "God jul! från en en okänd välgörare". Henne tyckte jag verkligen om, hennes humor, hennes obekymrade inställning till livet. Försökte faktiskt bli vän med henne, men kände mig på något vis ovälkommen varje gång jag satte mig bredvid henne, för det gjorde jag så ofta jag bara kunde. Varje gång jag missade möjligheten blev jag arg på den som tagit min plats, och då var den lektionen förstörd för mig för jag kunde inte tänka på något annat än att det borde ha varit jag som satt där. Det borde ha varit jag som blev hennes vän, men det blev inte så. Det är mycket som inte blir som man vill. Minns så väl tärningarna som hon hade köpt till julfirandet där alla skulle köpa en "billig" klapp till "Secret Santa" då alla skulle få varsin julklapp, som lottades ut sista dagen på höstterminen. Och det slumpade sig att jag fick den som hon hade tagit med sig, för jag kände igen omslagspappret som hon hade köpt några veckor tidigare. Känslorna var nästintill ohämmade och jag skrattade ofrivilligt flertalet gånger på väg hem. Satt på bussen och folk stirrade på mig där jag njöt av att ha fått julklapp av Elin, och de var nog avundsjuka på mig, för att jag var lycklig och de var det inte. För det var jag. Faktiskt. Lycklig.

Hör hur min syster pratar med mig men hör hennes röst allt svagare. Håller kanske på att dö. Nu kommer jag att dö. Det känns konstigt. Borde vara rädd, borde vara skräckslagen men har accepterat… och det var jag som styrde bilen, inte min syster. Det var jag som valde att köra av vägen, inte hon; det var jag som styrde bilen mot trädet, inte hon. Allting var mitt fel, inte hennes.

Hade försummat stora delar av mitt liv, det visste jag, men försökte låta bli att tänka på alla förlorade möjligheter, alla de val som jag inte gjorde och allt liv jag undvek att leva, men livet har nog alltid känts lite obekvämt för mig att leva. Som om jag ständigt hade en sten i skon, eller en alltför trång och stickig illa stickad tröja; men hade också vant mig vid att vara obekväm och i de flesta sociala tillställningar höll jag mig till mig själv och i början tvingade jag faktiskt mig själv att gå på vissa av dessa för att jag trodde att desto mer jag utsatte mig för obehag så skulle de kännas mindre obehagliga, och delvis var det kanske så, minns inte så väl eftersom jag slutade efter ett tag och då blev det bara min syster och jag. Kände och upplevde enbart människors vänskap som usel, bara egoism, småaktighet och intriger och en lövtunn trofasthet som inte kunde mäta sig med min systers kärlek.

Trots min systers kärlek kunde hon vara riktigt elak ibland, men för det mesta kom vi bra överens och som sagt var hon också min livlina fastän hon ibland tryckte ner mig under vattnet eller pressade en kudde över mitt ansikte. Tills jag nästan svimmade av syrebrist och då släppte hon. Det destruktiva i människans natur är en inneboende drift hos människan, att göra det onda endast för det ondas skull kunde också jag drivas av när jag plockade vingarna av en fluga; inte bara när jag var barn, utan också som vuxen. Och är inte alla syskonrelationer både bra och dåliga, och som allt annat i livet är mycket dåligt, men också bra och jag älskade min syster mycket, väldigt mycket.

Jag hade en katt förut, en svart, helt svart katt som jag kallade för Pluto; ett namn som kom från dödsguden i romersk mytologi. Ett tag fann jag Pluto som en av min huvudsakliga källa till glädje. Han var bara min, inte min systers för den tyckte inte om henne. Fräste alltid när hon kom för nära, så Pluto var enbart min. Jag var 9 år gammal när jag fick honom, eller vi fick honom tillsammans, men den tydde sig till mig och jag till den och ibland kunde min syster vara avundsjuk på oss och det var kanske Pluto som gjorde så att jag och min systers relation blev mer komplicerad men efter att Pluto dött så var min syster där och tröstade mig, länge. Och jag gladdes över att vi återförenats trots att min enda glädje försvunnit.

Vår far backade över Pluto så att den dog; en morgon när han hade bråttom. Jag fick inte reda på det förrän flera veckor senare, och de begravde honom bakom rosenbusken, vilket jag tyckte var fint, men efter det kunde jag inte förlåta min far, någonsin. Han blev som min fiende och var det ända tills han dog i svårartad bukspottscancer. Mor försökte alltid "lappa ihop" vår relation men förgäves eftersom jag hade bestämt mig för att hata honom, vilket nu i efterhand var ett sätt att sörja Pluto. Medan jag och min syster kom närmare varandra, närmare än någonsin, skiljdes jag från min far för gott efter att Pluto dött. Och i allt detta slutade mor och far bråka och det kändes som om de aldrig älskat varandra så mycket som efter att far backat över Pluto och därefter var döende i cancer.

Mina föräldrar kände aldrig min syster, på riktigt, för det gjorde endast jag.

När jag drack som mest tänkte jag jämt på Pluto. Min syster drack inte, men hjälpte mig inte heller och det förvånar mig fortfarande att hon inte gjorde något. Att hon passivt såg på medan jag blev allt mer ledsen, lynnig, arg och lättretlig och allt mer alkoholiserad i en nedåtgående spiral. Inte ens när jag förlorade mitt jobb sa hon något och inte ens när jag blev inlagd på sjukhus efter första självmordsförsöket. Vissa säger att man behöver slå i marken för att lära sig uppskatta liv, för att kunna börja leva mer autentiskt, för att kunna ta dagarna som möjligheter, inte motstånd, men så kändes det inte för mig. Min syster, hon gjorde ingenting, men hon fanns dock där vilket egentligen inte var något jag önskat eller bett om, men hon var där och bara det gjorde det lättare, lättare att lida. För när Pluto dog, dog också något inom mig, något som aldrig mer blev levande och sörjde detta länge och väl, tills jag fick hjälp och började gå hos en psykolog, mest för att annars skulle jag bli av med mitt försörjningsbidrag. Och i efterhand var det bra för det fick mig att närma mig själv och också klara av att ta lite avstånd till min syster eftersom vår relation hade börjat bli allt mer destruktiv.

Det var nu som jag började förstå att min syster låg bakom mycket. Skuld, skuld; som halm i min hals. Vem som är "halmdocka" blev nu allt tydligare.

Vilken "lag" styr över vårt öde egentligen? Många dörrar hade stängts för mig och ibland ryckte jag i handtaget för att återigen få upp den men efter många fåfänga försök gav jag successivt upp och blev sittandes framför allt fler dörrar. Livet blev ett väntrum. Satt och väntade, egentligen, att någon annan skulle öppna dem åt mig, men visste djupt inne att det var jag, det var jag som var tvungen att ta tag i saker och öppna dem själv, vilket jag inte gjorde. Därför var det många år som bara gick, jag bara satt och väntade att någon skulle rädda mig, men ingen kom och det var kanske därför jag bestämde mig för att ta bilen. Spotta ut halmen, tömma flaskan och sedan ta bilen och köra längs den väg som vi körde när vi skulle ner till havet. När det bara var jag, min mamma och far och vi skulle ner till havet över sommarlovet, innan min syster fanns.

Jag, bara jag öppnade bildörren, för den var avsedd för mig, bara mig. Styrde upp bilen på vägen, mot havet och fortsatte tills jag inte längre gjorde det. Bara jag hade kört av vägen rakt in i trädet, bara jag. Och några dagar senare stod det i tidningen: kvinna överlevde mirakulöst i singelolycka då en familj på väg till havet bevittnat olyckan och ringt ambulans. Familjen kom aldrig fram till havet för de bestämde sig för att åka hem igen. Livet är oförutsägbart barmhärtigt ibland och den som redan var död får åter liv och allt som följer är den tid som jag länge väntat på, och ingenting är längre för sent. Olyckor kan både ha olyckliga och lyckliga konsekvenser. Irreversibla händelseförlopp följs upp av något helt annat. Det är en ny tid nu.

Det mesta i livet sker av slump, också min överlevnad handlade om slump och endast jag är ansvarig att leva mitt liv, inte min syster som dog innan hon ens hann födas. Vissa sår läker aldrig och jag vill inte heller att de gör det, för hos mig lever hon och om det finns en gudomlig ordning eller sanning som alla söker förstå har jag ingen aning om, men jag kände ett visst ansvar och en skyldighet gentemot familjen som räddade mitt liv och bestämde mig för att fortsätta leva, mitt liv.

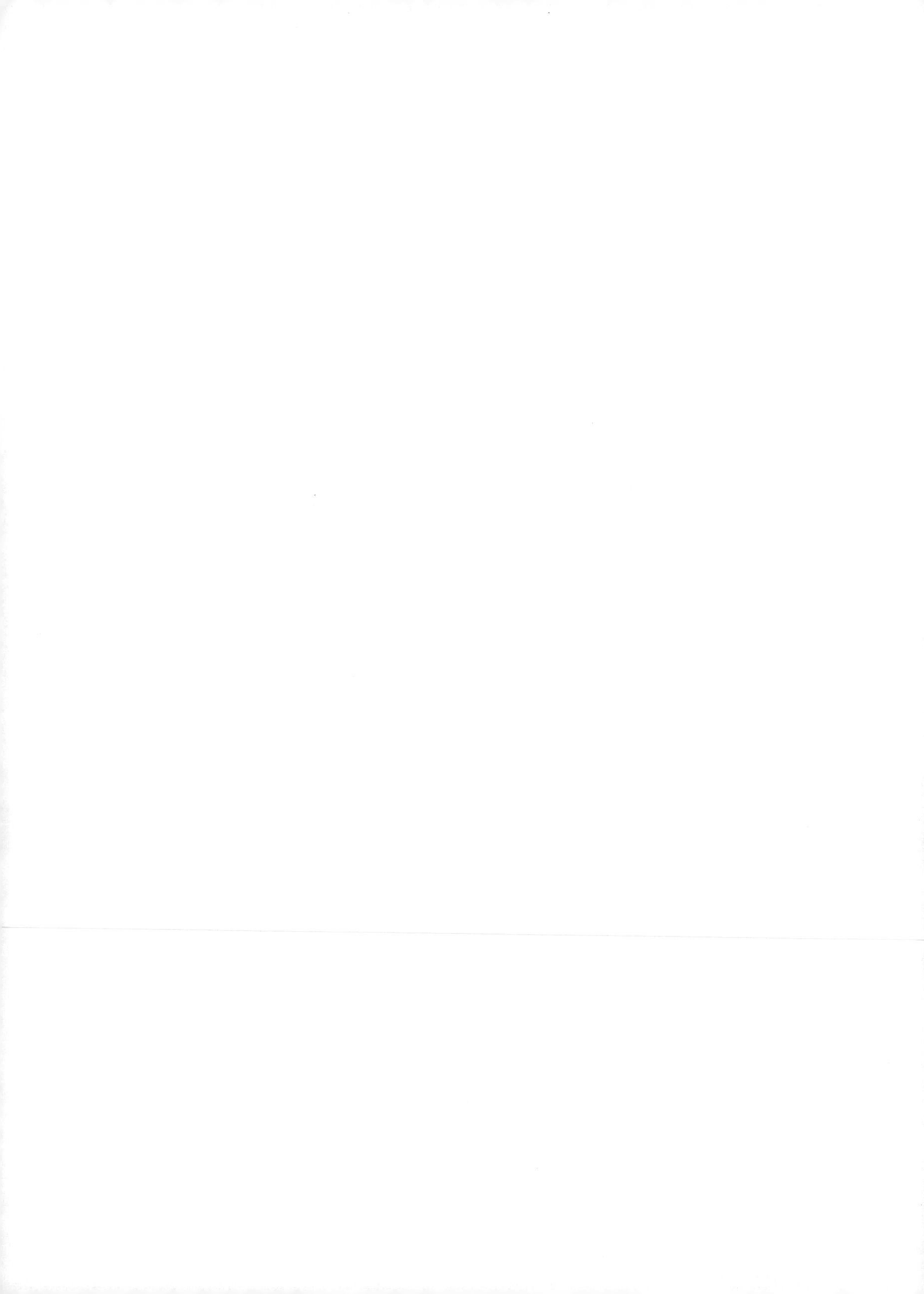